가드너의 일

꽃만 볼 줄 알았는데 벌레를 잡고 있는

가드너의 일

박원순 지음

날

정원에서 일하면 기분이 좋다. 땀을 흘리며 일하다 보면 몸은 고돼도 삶을 긍정하는 에너지 같은 것이 생겨나기 때문이다. 삼시 세끼로 든든히 채워 줘야 하는 뱃속과 달리 우리 마음속엔 언제든 영적 에너지가 솟아나올 수 있는 신비로운 곳이 있는 것 같다. 그곳을 열 수 있는 열쇠는 영감, 즉 살아 있다는 느낌인데, 그것이 바로 정원에 있다. 정원에서 피고 지는 수많은 식물을 보면서 우리는 생명의 탄생과 죽음이라는 생래적 순환 고리를 깨닫고 더 아름다운 정원과 삶을 추구한다.

어린 시절, 할머니 집 마당 텃밭에선 계절마다 꽃이며 푸

성귀 등이 자랐다. 그 신비로운 존재들을 보면서 식물에 관심을 갖게 되었다. 이런 관심의 '씨앗'은 대학교에서 원예를 전공하는 것으로 이어져 '싹'이 텄지만 아직은 여린 상태였다. 《타샤의 정원》, 《정원가의 열두 달》 등을 읽으며 그 싹이 조금 더 자랐고, 마침내 출판사 편집자에서 가드너의 길에 들어서면서 한 그루 식물로서 형체를 갖추었다. 제주 여미지식물원에서 가드너로 일하면서 그 식물은 무럭무럭 자라 가지들을 한껏 뻗어 나갔다. 그 시절 본, 영국의 한 유명 가드너의 다큐멘터리 시리즈는 아주 좋은 양분이 되어 주었다. 미국 유학길에 올라 '롱우드 가든'이라는 120년 된 유수의 정원에서 가드닝을 배우면서는 그 식물에 꽃이 피고 열매도 맺혔다.

종교를 믿는 사람들처럼 전 세계 가드너들은 식물과 함께하는 삶을 믿고 정원을 예배당으로 삼아 매일 가드닝이라는 의식을 행하며 살고 있다. 각자의 정원에서 가꾸고 있는 식물들을 서로 나누고 원예와 가드닝에 대해 논하며 지구를 마치 하나의 거대한 정원처럼 더 생동력 있는 곳으로 만들어 가고 있다. 이런 과정을 통해 가드너들은 시대, 국경을 초월해 서로 연결되어 있음을 느낀다. 이들이 있어 든든하다. 물론 정원에서 영감을 얻길 좋아하고 정원을 계속 만들어 갈 수 있도록 응원해 주는 사람들도 모두 가드너의 일을 돕는 친구이자 후원자들이다.

정원을 찾는 사람이 점점 늘고 있지만 정작 그 아름다운 곳의 뒤에서 누가 언제 어떤 일들을 하는지에 대해서는 잘 알려져 있지 않다. 이 책은 많은 사람에게 가드너의 일을 제대로 알리기 위한 기록이다. 특히 초보 가드너 시절, 정원을 만들기 위해 돌을 나르고 흙을 퍼내는 일부터 예술과 문화 요소를 정원에 접목하기 위해 좌충우돌하면서 시도한 것까지 내가 직접 경험한 것들을 토대로 이야기를 엮었다.

'아름다운 정원'은 지구에서 인간이 만들 수 있는 최고의 걸작이자 안식처다. 기후 변화로 인해 전 세계가 몸살을 앓고 있는 요즘, "사람은 반드시 한 조각의 땅이라도 가꾸며 살아야 한다"고 강조한 체코의 작가 카렐 차페크의 말이 더 와닿는다. 자연과 인간의 공생을 고민하며 정원 가꾸기에 관심을 기울이는 분들에게 이 책이 미약하나마 도움이 되길 감히 기대해 본다.

차례

2장. 고요한 소란 — 겨울

3장. 모두 웃자! — 봄

1장.

봄 준비
가을

육체노동자

   가드너로서 제주 여미지식물원에 첫 출근한 날을 잊을
수가 없다. 출근하자마자 선배 가드너들과 작업이 예정된 정
원으로 갔다. 그곳엔 이미 다른 가드너들이 와 있었다. 회양목
자수화단˚으로 디자인된 정원의 비탈진 화단에 하얀색 자갈
을 깔아 주는 것이 그날 일이었다.
   일은 단순했다. 자갈 자루들을 화단 곳곳으로 날라 깔끔
하게 지면을 덮어 주면 되는 것이었다. 그런데 시간이 지날수
록 중노동이 따로 없었다. 온몸이 땀에 젖는 건 기본이고 안 쓰

● 자수화단刺繡花壇 도안에 따라 꽃이나 관목을 낮게 심어 양탄자에 자수를 놓
  듯이 장식한 화단.

● 가드너의 일에 사용되는 다양한 도구

던 근육들을 갑자기 쓰다 보니 팔다리가 부들부들 떨렸다. 제대 후 돌 나르기 작업은 실로 오랜만이었다.

가드너로 일하기 전엔 출판사에서 편집자로 일했는데, 종일 책과 교정지만 들여다보던 사람이 느닷없는 육체노동을 하면서 혹독한 신고식을 치른 셈이다. 당연히 생각도 많아졌다. 내가 꿈꾸던 가드너의 일이 이런 것이었나?

내가 상상한 가드너 일과는, 쾌청한 날 정원에 원하는 꽃들을 심고 물을 주며 정원을 찾는 사람들과 즐겁게 담소를 나누는 것이었다. 때때로 전 세계 멋진 정원들을 여행하며 새로운 꽃을 구경하고, 세계적인 전문 가드너들과 교류하며 관심

있는 식물과 정원에 대해 마음껏 공부하는 삶이었다. 그런데 현실은? 물론 가드너가 꿈꾸는 핑크빛 일상이 중간중간 섞이긴 하겠지만, 대부분의 일상이 거의 땀으로 뒤범벅된 육체노동일 거라 생각하니 갑자기 모든 것이 암울해졌다.

　낙담한 나의 마음을 북돋운 건 동료들이었다. 그들은 이제 막 가드너로 일을 시작한 나의 복잡한 심경을 읽기라도 한 듯 일하는 내내 말을 붙이고 농담을 건넸다. 처음엔 제주 사투리라 잘 알아듣지 못했는데, 점점 귀가 트였다.

　"무사 이디까정 온 거꽈?"

　가장 자주 들은 말이다. 왜 육지에서 잘나가던 사람이 여기까지 와서 이 고생을 하느냐는 애정 어린 우려였다. 제대로 정원 일을 배우러 왔다는 본심은 가슴에 담아 두고 "그냥 제주가 좋아서"라고 짧게 답하곤 했다.

어떻게 하루하루 이겨 낼까 하고 고민할 겨를도 없이 일상은 바쁘게 돌아갔다. 매일매일 다른 노동들로 채워졌다. 만약 계속 같은 일을 반복했다면 금세 질렸을 것이다. 하지만 정원 일은 매일 같은 것이 없다. 오늘 돌을 날랐다면 내일은 꽃나무들을 심는다. 다음 날엔 새로 들여온 씨앗을 뿌리고, 그 다음 날엔 가지치기를 한다. 이렇듯 새로운 일들과 식물에 대한 애정이 고단함을 이겨 내게 한 가장 큰 약이다.

일 년 동안 가드너가 하는 일을 목록으로 정리한다면, 최소 365가지 이상이다. 해마다 관심 분야가 조금씩 달라지면 일의 종류도 달라진다. 어떤 해에는 수련에 빠져 수련 재배에 관한 모든 일을 사랑하고, 또 다른 해에는 과일나무에 빠져 과수원 안의 모든 일을 섭렵한다. 책을 한 권 한 권 독파하듯 식물도 그렇게 알아 가는 것이다.

그럼에도 불구하고 일에 지치면 정원이고 뭐고 잊고 싶은 순간이 생긴다. 가드너로서 내가 원하는 수준의 정원을 연출하려면 그만큼 정원에서 땀 흘리는 시간이 많아야 하는데,

일에 지쳐 타협하고 마는 것이다. 원래 계획했던 정원의 품질을 포기하고, 어서 빨리 일을 끝내고 싶은 마음만 앞선다. 이런 날이 쌓이다 보니 가드너로 일하는 것에 회의감이 깊어졌고, 의문들도 떠나지 않았다.

'이렇게 일이 힘들면 누가 과연 정원 일을 즐길 수 있을까?'

'가드닝의 역사가 오래된 선진국에서는 과연 어떻게 할까?'

결국 이런 질문들에 대한 답을 찾기 위해 정든 식물원을 떠나 미국 유학길에 올랐다. 세계적으로 유명한 롱우드 가든에서 '국제 정원사 양성 과정'을 밟으면서 그동안 쌓인 궁금증을 풀어 나갔다.

역시 세계적인 정원에선 가드너의 일들, 즉 누가 언제 어디에서 무슨 일을 할지가 잘 짜여 있었다. 물론 흙을 다루고 식물에 물을 주고 화분을 나르고 나무를 심는 등 정원의 기본적인 일들은 똑같았다. 하지만 더 다양하고 편리한 도구와 장비를 갖추고, 정원의 조성과 관리에 대한 계획을 체계적으로 세우며, 그에 맞게 인력도 적절히 배치했다.

가드너는 적어도 자신의 노동이 어떤 결과물을 가져올지 안다. 자신이 정원에 심는 식물이 어떤 종류인지, 어떻게 재배하면 되는지 알고 있다. 더 나아가 그 식물이 어느 나라에서 왔는지, 어떤 역사를 가지고 있는지, 어떤 쓸모를 갖고 있는지, 어떤 미학·관상학적 특징을 갖고 있는지, 문학이나 예술 작품 속에 등장한 적은 없는지, 어떤 위인들에게 사랑을 받았는지 등등 그 식물에 관한 인문학적 지식도 시나브로 쌓게 된다. 그럼에도 흔들림 없는 가드너의 기본은 흙에서 식물을 길러 내는 것이다. 사계절 변화무쌍한 날씨에 맞서며 식물에게 필요한 일들을 해 주는 육체노동을 가드너와 떼려야 뗄 수 없는 이유다.

뿌리 나누기

가드너에게 땅속을 투시할 수 있는 능력이 있다면 얼마나 좋을까. 애석하게도 그렇지 못하니, 줄기와 잎 등 뿌리 위의 것들을 살피면서 뿌리 상태를 짐작할 뿐이다.

땅 위로 노출된 기는줄기를 가진 식물들은 요리조리 뻗어 나가면서 적당한 곳에 뿌리를 내리는 생존 전략을 구사한다. 이렇게 다른 식물들에게 폐를 안 끼치면서 스스로 이사를 다니는 식물들은 걱정하지 않아도 잘 산다. 문제는 다른 식물들의 영역을 공격적으로 침입하는 녀석들이다. 그래서 가드너들은 이런 식물들이 자기 구역을 벗어나지 못하게 수시로 뿌리를 제거한다. 이런 식물들은 번식력이 너무 왕성해 무서울 때도 있다.

반면 한곳에 붙박이로 살아가는 식물들은 주기적으로 뿌리를 캐내어 쪼갠 다음 적당한 크기로 다시 심어 줘야 한다. 뿌리 덩어리가 너무 커진 상태에서 비좁게 자라면 점점 잎도 작게 나오고 꽃도 잘 피지 않기 때문이다. 지금 사는 집이 너무 비좁으니 분가를 시켜 주는 셈이다. 잘라 낸 뿌리들은 다른 곳에 심거나 동료 가드너에게 분양한다.

몇 년간 잘 자란 맥문동이나 원추리 뿌리를 핸드 포크로 캐어 보면 덩이줄기가 주렁주렁 달려 있다. 이것들을 여러 덩어리로 나누어 주기만 하면 그대로 새 생명체가 된다. 덩어리가 너무 클 경우에는 쇠스랑 두 개를 반대 방향으로 찔러 넣어 가른다.

정원에서 자라는 각각의 식물이 언제나 적정 수준으로 다른 식물들과 조화를 이루도록 관리하는 것도 가드너의 중요한 일 중 하나다. 봄가을 가드너들은 숙근초* 뿌리를 캐어 나누어 심는 분주分株 작업으로 바쁘다. 가을에 꽃을 피우는 식물은 봄에 분주해 주고, 봄에 꽃 피우는 식물은 가을에 분주해

● 숙근초宿根草 겨울에 땅 위의 부분이 시들어도 뿌리는 살아 있어 봄이 되면 다시 움이 돋아나는 풀.

준다. 가을엔 여름내 자란 식물들이 아직 그 모습을 유지하고 있어 분주 작업을 할 때 구별이 쉽다. 겨울이 오기 전에 어느 정도 새로운 뿌리를 내릴 시간이 필요하니 너무 늦지 않게 작업해야 한다. 봄에 분주하는 식물들은 새순이 막 올라올 무렵 작업을 시작한다.

그런데 뿌리 나눔 작업을 할 식물이 적을 때는 별 문제가 아닌데, 면적이 넓을 때는 뿌리들을 캐어 나누는 작업이 여간 힘든 게 아니다. 연못가에 자라는 꽃창포는 너무 빽빽하게 자라 몇 년에 한 번씩 대대적인 뿌리 나눔 작업이 필요하다.

어떤 식물들은 포기가 빨리 커지지 않아서 걱정인데, 꽃창포는 그 반대다. 뿌리줄기가 수평으로 계속 자라며 새싹을 올리고 뿌리를 내린다. 처음 심을 때는 뿌리와 뿌리 사이에 충분히 간격을 두었는데 금세 뿌리로 점령당한다. 뿌리줄기는 너무 밀집해 있으면 다른 뿌리줄기 위로 올라가 자라기도 하고 심지어 물가의 바위틈도 비집고 들어가 살기도 한다. 만약 꽃창포의 뿌리줄기가 번져 가는 모습을 타임 랩스(time lapse, 저속도 촬영)로 찍는다면 물에 떨어진 잉크 방울들이 퍼져 온통 수면을 덮는 것처럼 보일지도 모른다.

꽃창포 뿌리 나눔 작업을 하기로 한 날이었다. 일단 옷장화를 입고 연못으로 들어가 물을 어느 정도 뺐다. 그래야 가장

● 꽃창포와 뿌리줄기

자리 화단의 뿌리줄기들까지 모두 노출되기 때문이다. 물이 빠지고 나니 꽃창포의 누런 뿌리줄기들이 모습을 드러냈다. 마치 커다란 애벌레들이 우글우글 모여 있는 형상이다. 순간 좀 징그러웠다. 하지만 그 속에 잠들어 있을 푸른 꽃들을 떠올리니 달리 보였다.

본격적으로 작업에 돌입했다. 뿌리줄기 일부는 굴삭기로 살살 걷어 내고 일부는 삽으로 파낸다. 오래 묵은 뿌리줄기 덩어리는 가운데 부분이 목질화*되고 가장자리에만 잎과 꽃이 나는 경향이 있으므로 눈이 달려 있지 않고 퇴화된 부분은 과감하게 잘라 낸다. 건강한 눈들이 붙어 있는 뿌리줄기 서너 개를 새로운 한 덩어리 단위로 만들어 튤립 상자에 담는다(가을에 심으려고 들여온 튤립들이 담겨 있던 검은색 플라스틱 상자를 이럴 때 요긴하게 쓴다).

당연한 말이지만, 이런 작업도 여럿이 함께하면 덜 힘들다. 한창 일하다 고개를 들어 보면 동료들 얼굴이 진흙투성이다. 서로 보며 웃는다.

이제 새 뿌리줄기를 충분한 간격을 두고 심을 차례다. 꽃창포는 뿌리줄기가 땅 위로 살짝 보이게 심는다. 땅을 깊이 파

● 목질화木質化 식물의 세포벽에 리그닌이 축적되어 단단한 목질을 이루는 현상. 쉽게 말하면 나무처럼 줄기가 변하는 것을 말한다.

내지 않아도 된다. 게다가 굴삭기가 이미 토양을 한 번 뒤집어 놓았으니 작업하기가 더 수월해졌다. 그 땅에 퇴비를 섞어 판판하게 고른 후에 새 뿌리줄기들을 척척 배치해 심는다.

해가 뉘엿뉘엿할 무렵, 작업이 모두 끝난 정원은 마치 집 안에 오랫동안 쌓아 둔 불필요한 것들을 정리한, 깔끔한 모습이다. 꽃창포는 다시 또 이곳에서 몇 년 동안 무럭무럭 자랄 것이다.

하우스 안에서

재배하우스는 가드너에게 애증의 공간이다. 좋아하는 식물도 그득하지만 처치 곤란한 애물단지 같은 식물도 많아서다. 또 일이 고될 때 잠시 앉아 가는 쉼터인 동시에 둘러보면 밀린 숙제들이 곳곳에 산재해 있는 머리 아픈 공간이기도 하다. 정원이 최상의 모습을 보여 줘야 하는 쇼룸이라면, 하우스는 온갖 신상품과 재고품이 뒤섞인 창고이자 작업실이다. 음식점에 비유하자면, 정원은 손님들이 가득한 홀, 재배하우스는 이제 곧 테이블로 나갈 요리들이 조리되고 있는 분주한 주방과 같다.

하우스를 보면 담당 가드너의 성격과 스타일을 어느 정도 알 수 있다. 세심한 가드너는 먼저 하우스 현황판에 강단 있

는 서체로 하우스 내의 식물 목록과 수량을 꼼꼼하게 적어 놓
는다. 또한 각 식물의 구역을 정확히 나누고, 관수 라인과 스프
링클러, 난방 장치 등을 체계적으로 갖춰 놓는다. 반면 바닥은
군데군데 파여 물이 고여 있고 빈 곳엔 온갖 잡다한 자재가 쌓
여 있으며 식물들은 거의 방치돼 있는 하우스도 있다. 하지만
그렇다고 해서 가드너를 함부로 평가할 일은 아니다. 전통이
오래된 소문난 맛집인데 의외로 주방은 그다지 깔끔하지 않
은 음식점도 있지 않은가.

보통 일년생 초화류
를 재배하는 하우스는 깔
끔하고 정리가 잘되어 있
다. 직접 파종해 재배하는
경우도 있지만 대부분은 플러
그 묘*로 들여와 3, 4인치 포
트*에 옮겨 심은 뒤 몇 개월

● 플러그 묘. '플러그 트레이'라는 육
묘 전용 상자에서 키운 묘를 이른다.

이내에 정원으로 나간다. 그만큼 순환이 빠르고 저렴한 꽃들
이어서 일부 문제가 있거나 남는 꽃들은 바로 퇴비장으로 보
내니, 따로 오랫동안 관리해야 할 식물이 많지 않은 것이다.

가장 생각이 많아지는 하우스는 여러 식물이 모여 있는

하우스다. 해외 수목원, 식물원 그리고 농장에서 들여온 씨앗들을 파종해 놓은 화분들은 최소한 일이 년 이상은 재배를 해야 하는데, 많은 식물 종류가 섞여 있을수록 세심한 관리가 어렵기 때문이다. 식물마다 겨울잠, 여름잠을 자는 시간도 제각각이어서 어떤 것이 살아 있고 죽었는지도 파악하기 어렵다.

가드너의 지나친 욕심으로 너무 많은 식물을 들여 선택과 집중을 하지 못하는 바람에 이러지도 저러지도 못하는 난감한 상황에 처하기도 한다. 정리는 해야겠기에 별 신통치 않아 보이는 화분들을

● 꽃집에서 흔히 볼 수 있는, 모종보다 조금 더 자란 작은 식물이 담겨 있는 비닐 화분 혹은 플라스틱 화분을 포트라고 한다. 3인치, 4인치 포트처럼 보통 인치 단위로 크기를 분류한다.

모두 정리해 보려 하지만, 하나하나 들여다보면 차마 또 버리지 못한다. 결국엔 정말 죽은 것이 확실한 식물들만 몇 개 정리한 채 대부분의 화분을 그대로 남기고 만다. 특히 오래된 하우스일수록 야금야금 입주해 자리 잡은 '식솔'이 많다 보니 정리가 어렵다. 이럴 땐 아예 새 하우스를 지어 꼭 필요한 식물들만 다시 추려 체계적으로 관리하는 편이 더 낫지 않을까 싶다.

● 재배하는 식물로 빼곡한 하우스 안. 여기 한구석에서 가드너들은 커피 한잔을 하며 잠시 쉬어 간다.

가드너는 일 때문에 여러 농장을 방문하기도 한다. 재배 하우스를 둘러보며 담당 가드너의 설명을 듣는 것은 값진 나눔의 시간이다. 아무래도 나와 비슷한 고민을 하는 분들이다 보니, 어떤 얘기엔 격하게 공감이 된다. 내가 해결 못한 부분을 기발한 아이디어로 처리하는 것을 볼 때는 감탄사가 절로 나온다. 이를테면 무거운 화분들을 쉽게 이동하기 위해 미니 레일을 깔아 바퀴 달린 수레를 이용한다거나, 최신식 스프링클

러나 분갈이 작업을 쉽게 할 수 있는 작업대를 설치해 놓은 것을 보았을 때다. 그뿐인가. 잠시 쉬며 커피 한잔 마실 수 있는 공간을 아주 근사하게 마련해 놓은 하우스를 보면 당장 따라 하고 싶은 마음이 굴뚝같다. 보통 하우스 길이는 십수 미터에서 길게는 오십 미터가 넘는다. 베드 사이 좁은 길을 따라가며 가드너의 식물 설명을 들을 때면 더할 나위 없이 행복하다.

실력 있는 가드너는 학명과 품종명을 모두 꿰고 있어, 나는 설명을 들으며 열심히 받아 적고, 하나하나 사진도 찍어 둔다. 일터로 복귀하자마자 바로 사진과 함께 텍스트를 정리해 보관한다. 시간이 지나면 내가 쓴 글씨도 못 알아보는 경우가 많아 기억이 남아 있을 때 정확히 기록해 둔다. 설명을 듣다 마음에 드는 식물들은 구입하거나 분양받아 갖고 오는데, 이미 꽉 찬 하우스더라도 어떻게든 자리를 마련한다.

첨단 제어장치가 되어 있는 튼튼한 스마트 하우스가 아닌 이상, 보통 철골과 비닐로 되어 있는 재배하우스는 시시때때로 해결해야 할 문제도 많다. 무엇보다 하우스는 늘 자연재해에 노출되어 있다. 일례로 태풍 소식이라도 있으면 군데군데 줄을 묶어 한껏 단단히 보강을 해 줘야 한다. 비바람이 약간 강하게 불기만 해도 교체한 지 오래된 비닐은 찢어져 너덜너덜해지기 일쑤다. 겨울에는 폭설도 큰 근심거리다. 비닐 지붕

이 눈 무게를 못 견디고 무너져 내릴 수 있어서다.

재래식 기름보일러도 얘기하지 않을 수 없다. 기름보일러는 몇 분에 한 번씩 송풍관을 부풀리며 하우스에 따뜻한 공기를 뿜어내는데, 뜨겁고 건조한 바람이 나오는 곳 근처에 있는 식물들에겐 큰 '시련'이 아닐 수 없다. 그래도 재배하우스에서 겨울철 온도를 유지하는 데 이만한 시설이 없어 달리 방도가 없다. 보일러는 온도 센서에 의해 가동되는데, 하우스 안 좁은 동선을 다니다가 송풍관이 갑자기 부풀어 오르면 이를 뛰어넘으며 피해 다니느라 정신이 없다. 소음은 또 어찌나 큰지 손님 안내라도 할라치면 목소리를 한껏 높여야 한다.

가드너는 하우스 외관뿐 아니라 날씨에 따라 하우스 안 생태계를 유지하는 일에도 신경 써야 한다. 날이 더우면 걷잡을 수 없이 치솟는 하우스 내부 온도를 잡기 위해 차광막을 치고, 날이 추우면 이중 비닐에다가 캐시미어 솜 같은 보온재까지 덮어씌운다.

관리하고 신경 써야 할 것이 많지만, 그럼에도 하우스는 가드너의 보금자리이자 쉼터 그리고 보물 창고다. 특히 겨울엔 포근하고 아늑한 사랑방이 되어 준다. 주변이 온통 새하얀 눈으로 뒤덮인 하우스 안에서 초록초록한 식물들을 보며 마시는 달달한 믹스커피 한잔의 맛이 일품이다.

등나무 벽화

덩굴식물로 건물 정면facade을 장식하거나 아치 터널, 격자로 된 구조물trellis 혹은 오벨리스크를 식물이 에워싸고 꽃까지 만발하게 하는 것은 가드너로서 꼭 해 보고 싶은, 버킷 리스트에 포함된 일들이다. 아주 로맨틱한 분위기를 구현해 볼 기회이기 때문이다. 사람들은 광활하게 펼쳐진 아름다운 경관도 좋아하지만 이렇게 일부를 소소하게 장식해 구현해 놓은 풍경도 사랑한다. 아이들이 이불 속이나 다락방 혹은 자신만의 아지트에서 놀기 좋아하는 것을 보면 '아늑한 작은 공간'을 선호하는 것이 인간의 본능일지도 모르겠다.

다른 지지물을 타고 올라가는 덩굴식물은 그런 분위기를

● 가드너라면 꼭 도전해
보고 싶은 덩굴식물 파사
드, 아치 터널, 트렐리스

내는 데 빼놓을 수 없는 소재다. 나는 틈틈이 정원 곳곳에 덩굴 식물을 심었다. 철제 난간 주변에는 나팔꽃이나 클레마티스를 심었고, 아치 터널엔 덩굴장미를 심었다. 그늘이 필요한 퍼걸러pergola나 정자엔 으름덩굴이나 멀꿀, 인동, 능소화 종류를 올렸다. 박과 종류의 식물들을 올린 긴 터널도 만들었는데 조롱박, 여주, 수세미외, 관상용 호박 같은 열매가 대롱대롱 매달려 여름과 가을 내내 눈과 마음이 즐거웠다. 온실엔 나무 아치 구조물을 만들고 시계꽃 덩굴을 올려 빨갛게 익은 패션 프루트를 선보였고, 야외 꽃길엔 대나무를 엮어 만든 오벨리스크에 보랏빛 제비콩을 올렸다.

덩굴식물은 각자 자신만의 방식으로 자란다. 담쟁이덩굴은 빨판이 있는 덩굴손으로 열심히 벽을 타고 올라가고, 아이비는 공기뿌리로 다른 나뭇가지에 매달린다. 수세미외는 먼저 기다란 덩굴손을 뻗어 물체를 감아쥔 다음 자기 쪽으로 끌어당겨 스프링처럼 돌돌 말면서 올라간다. 능소화나 바위수국은 고목 같은 곳에 흡착뿌리를 붙이며 올라간다. 클레마티스는 잎자루를, 덩굴장미는 가시를 이용해 다른 물체에 줄기를 뻗어 간다.

한번은 정원 한편에 있는, 적벽돌로 되어 있는 넓은 벽면을 등나무 꽃으로 가득 채우고 싶었다. 중세 유럽의 수도원에서 발달한 에스팔리에espalier를 선택했다. 이 방식은 나무를 담벼락에 납작하게 붙여서 일정한 형태로 유인하여 가꾸는 것인데, 주로 배나무와 사과나무를 이용한다. 나는 등나무로 결정했다. 등나무를 벽면에 붙여 자라게 하면 양팔처럼 뻗는 가지들을 여러 층으로 길게 유인하여 꽃이 피었을 때 포도송이 같은 꽃들이 주렁주렁 매달리게 할 수 있다. 마치 살아 있는 한 폭의 대형 그림 작품이 연출되는 것이다.

나는 벽면에 가로 180, 세로 50센티미터 간격으로 구멍을 뚫어 앙카볼트와 고리나사를 고정한 후, 6밀리미터 와이어를 가로 방향으로 설치했다. 등나무 줄기가 나중에 꽤 굵고 무거워질 것을 고려해 약간 두꺼운 와이어를 선택했다. 그리고 등나무의 엄청난 성장력을 감안해 최대한 높이, 멀리까지 와이어를 설치했다. 벽돌 사이의 메지에 구멍을 내는 일은 생각만큼 쉽지 않았다. 드릴 두 대의 모터가 탈 정도였다.

와이어 설치 작업을 끝낸 후 등나무를 심었다. 등나무는 과천의 한 나무농장에 가서 아주 좋은 걸로 구해다 놓은 터였다. 가로세로 1미터, 깊이 50센티미터의 구덩이를 판 후, 절반 정도는 퇴비와 피트모스, 골분이 섞인 흙으로 채웠다. 여기에 1미터 넘게 목대가 자란 등나무를 보기 좋게 심었다. 등나무가

자리를 잡으면 왕성하게 새순들을 내어 와이어를 타고 자랄 것이다. 몇 년이고 계속 여름과 겨울 두 번에 걸쳐 가지치기와 관리 작업을 해 주면 등나무는 서서히 양팔 벌린 모양을 갖추면서 점점 더 많은 꽃을 피우게 되리라.

모든 일을 마친 후 뿌듯한 마음으로 등나무 벽면을 바라보았다. 그리고 그곳이 꽃으로 가득 덮일 날을 상상해 보았다. 또다시 가슴이 두근거렸다.

번식의 매력

가드너로서 가장 매력을 느끼는 일을 꼽으라면 단연 '번식'이다. 직접 번식시킨 식물은 더 애틋한 마음이 생긴다. 여느 식물과 결코 비교할 수 없다. 번식 방법에는 씨앗을 파종하는 방법과, 식물체의 일부를 가지고 번식시키는 방법이 있다. 잎이나 줄기를 여럿 잘라 흙에 꽂아 두면 마법처럼 어느새 뿌리가 나서 어엿한 새로운 개체가 된다. 알뿌리에 달린 새끼 알뿌리를 떼어 심으면 씨앗에서 싹을 틔우는 것보다 훨씬 빨리 자라 꽃을 피운다.

아메바처럼 몸의 일부만 있어도 동일한 개체로 자라날 수 있는 식물의 능력이 놀랍기만 하다. 식물의 잎 조각이나 줄기 마디, 뿌리 등 식물의 모든 세포에는 새로운 개체를 만들어 낼 능력이 잠재되어 있다. 식물은 동물처럼 자유롭게 이동하지 못해 쉽게 훼손을 당할 수 있기 때문에 이런 생존 전략을 취한 것이다. 꺾꽂이로 번식한 개체는 모체의 특성을 그대로 가진 클론이다. 많은 식물이 이 방법으로 개체 수를 늘린다.

꺾꽂이는 '약간'의 노력으로 식물의 숫자를 많이 늘릴 수 있는 방법이니 가드너로서는 여간 고맙지 않다. 특히 분갈이 체험 프로그램과 같이 주기적으로 대량의 식물이 필요한 경우엔 더 그렇다. 예를 들어 애플민트 잎줄기들을 잘라 깨끗한 원예 상토에 꽂아 주면 원하는 만큼 애플민트 모종을 얻을 수 있다. 꺾꽂이를 위한 원예 상토는 펄라이트와 피트모스를 일대일로 혼합해도 되고 굵은 모래와 질석을 섞어도 좋다. 흙의 수분을 유지하면서 흙 안의 공기 순환을 위해 배수가 잘되게 하는 것이 중요하다.

꺾꽂이용으로 자를 때는 약간 사선으로 잘라야 물이 잘 흡수된다. 맨 밑의 잎들은 똑똑 떼어 낸다. 그냥 두면 젖은 흙과 접촉하면서 세균과 곰팡이의 온상이 될 수 있기 때문이다. 물론 뿌리 발생과 성장 에너지 원천이 될 윗부분의 잎들은 남겨 둔다.

● 배양토
식물이 자라기 좋은 기본 토양
으로, 식물에 따라 배양토의 조
건이 달라진다.

● 원예 상토
보통의 식물들을 바로 재배할
수 있게 피트모스와 펄라이트,
퇴비 등을 미리 배합해 놓은 흙
이다.

● 마사토
화강암이 풍화되어 만들어진
굵은 모래 같은 흙으로, 입자
크기는 다양하다.

● 피트모스
수초와 물이끼 등이 오랫동안
쌓인 습지에서 채취한 흙으로,
수분과 거름기를 오래 보존한
다. 요즘은 환경 보호를 위해
피트모스 대신 코코피트 같은
대체 토양을 사용하는 추세다.

● 펄라이트
진주암을 고열 처리해서 만든
인공 흙으로, 입자가 크고 가벼
워 통기성과 배수성이 좋다.

● 코코피트
코코넛에서 섬유질을 추출하
고 남은 부산물을 가공한 것으
로, 수분과 거름기를 오래 보존
하며, 토양 미생물 활동이 왕성
한 것이 특징이다.

● 질석
운모 계열 광석을 고열 처리하
여 팽창시킨 인공 흙으로, 입자
가 매우 작고 가벼우며 적절한
보수성과 배수성을 동시에 갖
고 있다. 버미큘라이트라고도
한다.

● 꺾꽂이 번식
●● 꺾꽂이용으로 준비한 줄기와 삽목상자. 삽목상자는 배수성과 통기성이 중요
해 상자 밑에 구멍이 많이 뚫려 있다.
●●● 잎으로 번식하는 베고니아

하우스 한편에 앉아 꺾꽂이용 줄기를 다듬는 일은 그 자체로 힐링의 시간이다. 복잡한 마음이 정리되고, 작은 터치에도 퍼지는 식물의 향에 머릿속도 맑아진다. 이처럼 '번식' 일은 단순히 식물 생산을 위한 노동에 그치지 않고 그 일을 하는 가드너의 몸과 마음마저 재생시키는 치유의 과정이다. 다양한 식물 종이 저마다 수억 년간 진화해 오면서 개발해 낸 그들만의 생존 메커니즘을 발견하고 그것을 돕는 과정에서 우리 안에 내재된 생명의 근원적 가치를 깨닫게 되는 것이다.

줄기가 아닌 잎으로 번식하는 대표적인 정원용 식물로는 베고니아가 있다. 무더위가 내리막길을 걷던 가을 어느 날, 베고니아 꺾꽂이에 쓰이는 잎 재료가 도착했다. 오래 기다려 온 터라 서둘러 상자를 열었다. 상자 안에는 베고니아 잎들이 가지런히 누워 나의 손길을 기다리고 있었다. 베고니아 특유의 비대칭 잎맥이 보였다. 아직 삶의 뿌리를 내리지 못했지만 그 잎들에는 모든 가능성의 유전자가 담겨 있다. 잎 표면에 난 미세한 솜털이 하우스에 비껴든 아침 햇살에 보송보송했다.

마치 금가루를 뿌려 놓은 듯 반짝이는 질석을 담아 물에 적셔 놓은 삽목상자를 가져왔다. 잎 하나하나를 조심스레 흙에 꽂았다. 잎꼭지가 다칠 수 있으니, 뭉툭한 막대기나 연필 혹은 손가락 등으로 구멍을 내는 게 안전하다. 뿌리가 더 잘 나도록 자른 면에 발근제를 발라 준다. 살균제가 들어 있는 발근제라면 더 좋을 것이다.

이제 삽목상자는 잎들이 고요히 뿌리를 내려 안착할 수 있는 보금자리가 되었다. 따스한 빛과 가드너의 손길이 있으니 더할 나위 없이 완벽한 환경이 되었다. 이제 흙이 마르지 않게, 그렇다고 해서 너무 축축하지도 않게 해 주면 된다. 물을 줄 때는 가장 부드러운 관수 노즐을 사용하거나 미스트를 분사하여 살포시 적셔 준다.

한 달쯤 지나면 흙을 뚫고 잎 사이에서 싹이 올라온다. 처음엔 아주 작은 손 모양으로 빼꼼히 모습을 드러낸 후 쑥쑥 커 간다. 절로 미소를 짓게 되는 순간이다. 하우스 안은 늘 따뜻하고 습도가 높은데 이런 환경이 베고니아에게는 아주 좋다.

흙 레시피

흙에 살고 흙에 죽는 것이 식물과 정원이다. 가드너에겐 흙이 거의 모든 것이라고 해도 과언이 아닌 이유다. 자고로 흙을 살리는 가드너는 성공할 것이요, 흙을 죽이는 가드너는 실패하리라. 비장하게 이런 말을 하고 싶을 만큼 가드너의 무기는 흙이다. 흙을 잘 다루느냐 그렇지 않느냐에 따라 정원의 성패가 결정되기 때문이다. 다만 식물의 느린 성장 속도 탓에 그결과가 금방 나타나지는 않아 중요성이 간과될 뿐이다.

가드너는 늘 보이지 않는 곳에서 흙을 다룬다. 흙을 다루는 작업은 아주 다양하다. 분갈이를 위해 조물조물 흙을 만지는 간단한 일부터 큰 나무를 심기 위해 흙을 파내는 작업까지

● 가드너의 가장 중요한 숙제는 영양가 풍부한 살아 있는 흙을 만드는 일

스펙트럼이 넓다. 꽃을 심기 위해 화단 흙을 평평하게 하는 갈퀴질, 돌밭 같은 척박한 땅을 정원으로 만들기 위해 돌을 골라내는 쇠스랑질에도 때에 따라 숙련된 내공이 필요하다.

어떤 정원의 꽃들이 아주 보기 좋다면 담당 가드너가 흙을 다루는 솜씨가 빼어나다고 보면 된다. 꽃 맛집이 아니라 '흙 맛집'인 셈이다. 실력 있는 가드너는 자신만의 '흙 레시피'를 갖고 있다. 살아 있는 흙을 만들기 위해 흙에 좋은 특별한 보약을 조제해 뿌려 주기도 한다. 사람들이 몸에 좋은 열매와 약초

를 발효시켜 먹듯이 잘 부숙(腐熟, 썩혀서 익힘)된 퇴비에서 우려
낸 물을 흙에 뿌려 주면 각종 유익한 미생물이 흙 속에서 활동
해 식물의 뿌리와 그 주변 생태계가 건강해진다.

식물의 뿌리는 아주 조금씩 자라며 끊임없이 흙 속을 탐
색한다. 좋은 흙이라면 새하얀 뿌리털이 흙 속으로 잘 파고들
어 필요한 수분과 양분을 맘껏 섭취한다. 반대로 좋지 않은 흙
에서는 뿌리털이 제대로 나아가지 못하고 점점 쇠퇴한다. 마
치 여기저기 촉수를 대어 보지만 주변이 온통 팍팍하고 숨쉬
기 어려워 갈 곳을 잃은 달팽이와 같다.

가드너는 상황과 식물 종류에 따라 흙을 달리 배합한다.
대규모 화단에 심을 초화류를 키우려면 종묘회사에서 작은 플
러그 묘를 들여와 재배 포트에 모두 옮겨 심어야 하는데, 수천
수만 개의 포트를 채우려면 흙이 많이 필요하다. 이때는 마사
토와 퇴비, 모래 따위를 대량으로 섞어야 하기 때문에 굴삭기
와 집게크레인 같은 장비까지 동원된다.

마사토와 모래 같은 보통의 토양 재료는 가드너가 산지
에 직접 가서 상태를 본 후 덤프트럭에 실어 토양 배합장으로
운반한다. 크기가 고르고, 오염되어 있지 않으며, 이물질이 많
이 섞이지 않은 것이 좋다. 원예 상토와 퇴비, 피트모스 같은
토양 재료는 주로 20~100킬로그램 단위로 포장되어 있어서

수백 포대씩 화물차로 들여온다. 일단 한곳에 가지런히 쌓아 두고, 필요한 만큼 옮겨다가 쓴다.

대량의 토양을 섞을 땐 마치 비빔밥을 비비듯 굴삭기로 여러 토양 재료를 골고루 뒤섞어 준다. 그다음, 집게발이 달린 집게크레인으로 흙더미 여기저기에서 한 무더기씩 흙을 집었다 놓았다를 반복하며 더 촘촘하게 흙을 섞는다. 흙을 잔뜩 쥔 집게발을 위아래로 들었다 내렸다 하면서 짧게 짧게 쥐락펴락 하면 그 안의 흙이 서로 잘 섞이면서 아래쪽 흙더미로 흩뿌려져 쏟아진다. 상하 반동으로 리드미컬하게 흙이 섞이는 동안 조종석에 앉은 가드너도 들썩들썩 춤을 추듯 흔들린다. 토양 재료를 혼합하는 일은 금방 끝나지 않고, 반나절 이상은 해야 흙이 웬만큼 섞인다.

굴삭기나 크레인은 전문 기사가 주로 운전하지만, 자격증을 가진 가드너가 직접 운전하기도 한다. 한창 정원 일이 바쁠 때 장비를 다룰 줄 아는 가드너는 인기가 많다. 특히 굴삭기 자격증이 있는 가드너는 여기저기 불려 다니느라 바쁘다. 굴삭기는 가드너들이 힘들어하는 많은 일을 쉽게 해낸다. 흙을 섞거나 땅을 정리해 주는 건 기본이고, 흙을 파내 나무 심을 자리를 마련해 주고, 크고 무거운 돌의 자리도 잡아 준다. 그래서 장비를 다룰 줄 아는 가드너와 평소에 관계를 돈독히 해 두면 좋다.

파종이나 꺾꽂이를 위한 소량의 흙이 필요할 때는 보통 재배하우스 한편에 작은 '흙 동산'을 만든다. 천막이나 비닐을 깔고 펄라이트, 질석, 원예 상토, 퇴비 등 여러 토양 재료를 가져다가 비율대로 섞는다. 눈 치울 때 쓰는 넉가래나 각삽을 사용하면 어렵지 않게 섞을 수 있다.

더 적은 흙이 필요할 때는 커다란 고무대야를 준비한다. 김장할 때랑 비슷한 분위기다. 김칫소에 고춧가루, 다진 마늘, 소금 등을 섞어 양념을 만들 듯이 피트모스와 펄라이트, 질석 등의 재료들을 한데 붓고 골고루 섞는다. 마른 상태에서는 먼지가 많이 나니 가끔씩 물조리개로 물을 뿌려 주는데, 마치 액젓을 중간중간 넣어 주는 모양새다. 피트모스는 덩어리로 뭉쳐 있어 주물러 풀어 줘야 하는데, 이건 뭉친 고춧가루를 풀어 주는 것을 연상시킨다. 김치 종류에 따라 양념이 조금씩 달라지듯, 흙도 용도에 따라 달리 빚어진다.

오늘도 가드너는 사랑하는 사람을 위해 밥을 짓듯이 어떻게 하면 좀 더 '영양가 높고 맛있는 흙'을 만들까 하고 고심한다.

오니가 알려 준 것

아름다움의 이면엔 아주 고된 자기 관리가 있다. 수련 연
못을 볼 때면 절로 생각나는 말이다. 연꽃은 아름답지만 그 아
름다움을 위해 가드너들은 뒤에서 온갖 궂은일을 해내야 한
다. 그중 가장 고역스러운 일이 연못 바닥에 가라앉아 있는 오
니*를 제거하는 것이다. 이 작업을 위해 처음 연못에 들어간
날이 기억난다.

옷장화를 입고 먼저 연못 난간에 걸터앉아 두 발을 연못
속에 담갔다. 그러고는 두 팔을 지지대 삼아 살짝 힘을 주어 그

● 오니汚泥 오염 물질을 포함한 더러운 진흙.

반동으로 연못 속으로 들어갔다. 잔잔하던 수면에 큰 파동이 일고 주변에 있던 수련의 잎들과 꽃들이 요동쳤다. 원래 고요히 정지된 물에서 자라는 것을 좋아하는 수련의 행복한 시간을 방해한 것 같아 살짝 미안했다. 그런데 이때 흔들린 것이 수면만은 아니었다. 발을 연못 바닥에 내딛자마자 그간 쌓여 있던 오니들이 뭉글뭉글 피어오르기 시작한 것이다! 투명했던 물속은 순식간에 흙탕물로 변해 버렸다.

자연 연못은 자정 능력이 있지만, 인공 연못은 하나부터 열까지 관리자의 손길이 필요하다. 인공 환경에 물을 가두어 두고 유지하는 것 자체가 실은 굉장한 도전이다. 물은 고여 있으면 각종 부유물이 바닥에 가라앉아 부패해서 수질이 나빠지기 때문이다. 더구나 수련은 화분에 심은 뒤 물속에 넣어 키우는 것이라, 화분을 이동하거나 화분에 거름을 주는 과정에서 떨어져 내린 흙이 연못 바닥에 점점 오니로 쌓인다. 수련 연못은 물의 양이 워낙 많아 대중목욕탕처럼 물을 자주 교체해 줄 수도 없다. 그런 데다 수련은 급격한 수온 변화를 싫어한다. 오니가 쌓일 수밖에 없는 환경인 것이다.

오니는 혈관의 노폐물처럼 아주 조금씩 쌓여 간다. 여름철 수온이 올라가고 햇빛이 많아지면 설상가상으로 연못에서 녹조 현상까지 기승을 부린다. 이럴 때 가드너는 천연 염료를 풀어 물을 검정색으로 물들이는 기지를 발휘한다. 그러면 일단 녹조가 잘 끼지 않고, 물속에 있는 화분과 시설물이 보이지 않으며, 수면이 거울처럼 반사 효과를 일으켜 수련 꽃들도 더 예뻐 보인다.

서리가 내리고 수련의 시즌이 끝나 갈 무렵 연못 속은 긴 연회를 마친 후의 축제장처럼 온갖 부유물로 가득하다. 물론 그것은 초여름부터 잎과 꽃을 내며 치열히 살아 낸 수련들의 삶의 흔적일 것이다. 오니 속에는 시든 잎과 꽃의 부스러기, 화분에 거름을 넣어 줄 때 흘러내린 흙 분진, 어디선가 나타나 연못 생태계의 일원이 되어 살다 간 물달팽이를 비롯한 무수한 수서 곤충의 잔해가 뒤섞여 있다.

겨울이 되기 전 가드너들은 연못 속에 있던 모든 수련 화분을 밖으로 꺼낸다. 연못을 대청소하기 위해서다. 쉽게 말해 청소지, 사투를 벌인다는 표현이 맞을 정도로 힘겨운 작업이다. 먼저 뻘처럼 진득거리는 연못에서 잔뜩 물 먹은 화분들을 들어 내놓는 작업만 해도 만만치 않다. 한두 개 꺼냈을 뿐인데 몸은 벌써 오니들로 뒤범벅된다. 팔뚝이며 얼굴, 안경, 머리 어디 안 묻은 데가 없다. 이런 상황에서 땀까지 비 오듯 쏟아지면 정말 답이 없다. 손에도 오니가 묻어 눈을 비빌 수 없으니 땀이

들어가 따끔거리는 눈을 희번덕이는 것 외에 다른 방법이 없는 것이다.

밖으로 꺼낸 수련 화분들은 흙을 모두 쏟아 낸다. 죽은 뿌리와 남은 잎들을 정리하고 뿌리줄기 부분만을 깨끗하게 세척한 뒤 물이 담긴 화분에 종류별로 보관해 둔다. 품종 이름이 적힌 표찰을 꽂아 두는 것은 기본이다. 이를 소홀히 하면 이듬해 품종 이름을 몰라 꽃이 필 때까지 기다려야 하고, 꽃이 피고 난 뒤에도 비슷한 꽃들이 너무 많은 경우엔 정확한 이름을 찾는 데 애를 먹을 수 있다.

화분들을 모두 꺼내 물을 빼고 나면 냄새 나는 오니들만 바닥에 진득하게 남는다. 이제부터가 진짜 전쟁이다. 가드너들은 사각삽을 들고 커다란 대야에 오니를 퍼 담아 밖으로 내놓는다. 그렇게 한참 일하다 보면 별별 생각이 드는데, 가드너라는 직업에 가장 큰 회의감이 드는 순간을 맞기도 한다. 그럼에도 얼굴을 못 알아볼 정도로 진흙투성이가 된 동료들을 보면 절로 웃게 되고 그러다 보면 또 고됨을 잊는다.

웬만큼 오니를 걷어 내 원래의 연못 바닥이 드러나면 고압 세척기를 동원한다. 마치 자동차 셀프 세차를 하듯 물총을 들고 연못 구석구석을 씻긴다. 청소를 끝마친 연못은 언제 그랬냐는 듯 말개져 있다. 수련 연못을 가꾸는 일은 어쩌면 삶의 진정한 아름다움이 어디에 있는지 깨닫는 과정이 아닐까 싶다. 오니를 모두 비운 곳에서 수련이 다시 피어나듯이, 이따금씩 자신의 마음속을 들여다보고 비우는 과정을 통해 우리는 다시 태어날 수 있지 않을까.

알뿌리 심기

10월 중순이면 몇 달 전에 주문해 둔 알뿌리식물들이 배송된다. 한 해가 끝나 간다는 이야기이기도 하다. 알뿌리가 담긴 상자에는 품종별로 라벨이 붙어 있다. 일거리를 주는 상자인데도 크리스마스 선물이라도 미리 받은 것처럼 기분이 들뜬다. 내가 선택한 품종의 꽃들이 봄에 또 얼마나 화사하게 필까 하는 상상만으로도 신난다. 매년 색다른 패턴과 디자인으로 정원을 창조하는 데 쓰이는 것들이라, 늘 새로운 품종의 꽃들에 대한 기대감도 아주 크다.

가을에 들어온 알뿌리들은 다음 해 봄에 꽃을 피운다. 그래서 늦가을에서 초겨울 사이에 미리 화분이나 땅에 심는다.

반드시 서너 달 이상 추위를 겪어야 꽃이 피기 때문이다. 튤립, 수선화, 히아신스 같은 꽃들이 여기에 속한다. 아마도 이 알뿌리들은 안전하게 꽃을 피울 수 있는 따뜻한 계절은 언제나 길고 혹독한 추위를 겪은 다음에야 찾아온다는 것을 진화 과정을 통해 깨달았을 것이다.

배송된 알뿌리들은 꺼내어 꼼꼼히 상태를 체크한다. 상처가 나서 짓물렀거나 푸른곰팡이가 핀 것들은 골라낸다. 크기가 알맞게 들어왔는지도 살핀다. 무스카리는 9+, 튤립은 12+, 수선화는 16+, 알리움은 24+이다. 여기서 숫자는 사람으로 치면 허리 사이즈다. 즉 알뿌리 둘레 길이(센티미터)를 말한다.

이 알뿌리들은 내 손에 오기까지 긴 여행을 했다. 거의 모든 알뿌리는 네덜란드에서 컨테이너에 실려 배나 비행기로 온다. 컨테이너에 실리기 전까지는 네덜란드의 드넓은 농장에서 몇 년에 걸쳐 체계적으로 재배된다. 주지하다시피 네덜란드 면적은 한반도의 5분의 1밖에 되지 않는데 제방을 쌓아 만든 땅에 원예 산업을 일으켜 세계 최고의 '꽃의 나라'가 되었다. 상자마다 알뿌리들을 덮고 있는 네덜란드 신문이 이 알뿌리들의 출신지를 다시 한번 말해 준다.

하나의 알뿌리들은 각자 튼실한 잎과 꽃을 낼 만큼의 양분을 지니고 있다. 구의 크기가 클수록 양분이 더 많아 꽃 품질도 좋다. 자세히 보면 알뿌리들은 다들 조금씩 모양이 다르고 껍질에 싸인 모습도 제각각이다. 상자를 열어 보니 일부 성급한 알뿌리는 벌써 뿌리가 살짝 돋아나 있다.

우리가 즐겨 먹는 양파, 마늘도 사실 알뿌리다. 꽃대가 올라오지 못하게 관리하며 알뿌리에 모든 양분을 응축시켜 먹고 있는 것뿐이다. 하지만 대부분 알뿌리식물은 꽃을 피우기 위해 존재한다.

봄에 꽃을 피우는 알뿌리들은 땅이 얼기 한두 달 전에 심어야 한다. 너무 일찍 심으면 병에 걸릴 수 있고, 너무 늦으면 미처 뿌리를 내리기 전에 땅이 얼어 알뿌리도 얼어 죽을 수 있다. 마치 곰이나 개구리가 겨울을 나기 위해 미리 많이 먹어 영양분을 축적해 놓는 것처럼 알뿌리도 겨울을 나기 위해 비늘줄기에 잔뜩 양분을 모아 둔다. 알뿌리는 땅속에 뿌리를 안착시키고 난 후에야 비로소 편안하게 숨을 쉰다. 이때 마치 아기를 잉태하듯 꽃눈이 신비롭게 자라기 시작한다. 이 시기 땅속 온도는 0~5도 사이다. 겨울에 땅 위를 덮는 눈은 솜이불이 되어 준다. 적절히 보온해 주는 것이다.

● 꽃 한 송이를 피우기 위해 가드너는 뒤에서 많은 일을 한다. 사진은 봄에 꽃을 피우는 알뿌리식물 크로커스.

　가드너는 알뿌리들에게 겨울 잠자리를 마련해 주는 셈이다. 경험상 밤 온도가 평균 5~10도 사이일 때 알뿌리를 심기 적당하고, 중부 지방을 기준으로 했을 때는 11월 초중순이 적당하다. 이런 가드너 역할을 자연 속에서는 다른 많은 곤충이 해 준다. 엘라이오솜이라는 양분 주머니를 가진 씨앗들은 개미들이 옮겨다가 모체로부터 멀리 떨어진 땅속 개미굴로 옮기는데, 씨앗을 심는 과정이라고 보면 된다. 다람쥐는 도토리를 입에 가득 넣고 돌아다니다 숲속 여기저기에 묻어 놓는데 이역시 마찬가지다.

알뿌리를 심을 땐 알뿌리를 둘러싼 껍질, 특히 뿌리 부분을 덮고 있는 껍질을 떼어 내야 한다. 뿌리가 방해받지 않고 잘 나오게 하려는 의도다. 그런 다음 알뿌리를 살균제인 베노밀 500배액(물 20리터당 40그램)에 30분간 담가 소독하고 말린다. 토양 역시 알뿌리를 심기 몇 주 전에 병원균과 해충 예방을 위해 소독하고, 퇴비를 잘 섞어 준다.

이런 과정을 보면, 꽃 한 송이를 보기 위해 가드너가 해 줘야 하는 일이 참 많다는 생각이 든다. 물론 가드너들은 많은 사람의 행복해하는 얼굴을 떠올리며 사명감을 갖고 임한다.

드디어 알뿌리 심을 준비가 끝났다. 식재 디자인에 맞게 심기 위해 백회 가루 등을 이용해 정확히 품종별 영역 표시를 해 주고 알뿌리를 하나하나 10센티미터 간격(튤립 기준)으로 배치한다. 땅을 파고 알뿌리를 심다 보면 개미나 다람쥐라도 된 기분이다. 비록 다람쥐는 자신이 묻은 도토리 위치를 종종 기억하지 못하지만, 가드너는 계획했던 곳에 정확하게 알뿌리를 심는다. 그리고 봄이 오고 때가 되면 그 자리에 형형색색의 꽃들이 어김없이 피어난다.

세계의 가드너 1

'가드너들의 가드너'
크리스토퍼 로이드

1980년대의 유명한 영화 〈백 투 더 퓨처〉에 등장하는 괴짜 박사와 이름이 같은 크리스토퍼 로이드(Christopher Lloyd, 1921~2006)는 정원계에서는 이 영화만큼이나 유명한 가드너이자 작가이다. 그가 죽기 전까지 가꾼 그레이트 딕스터Great Dixter 가든은 코티지 정원cottage garden 양식으로 전 세계 사람들의 발길을 끌어모은다.

로이드는 '가드너들의 가드너'라 해도 과언이 아니다. 전 세계 많은 가드너가 롤 모델로 삼는다. 그레이트 딕스터 가든은 가드너라면 꼭 한번 가 봐야 할 곳인데, 영국에 갔을 때 나도 방문한 적이 있다. 마침 정원의 한 구역인 '야생화 초원'에서 소년이 무언가를 노트에 적고 있었는데 그 모습마저 아름다운 풍경의 일부로 느껴졌던 기억이 난다. 잘 조성된 정원은 그런 그림을 그려 내는 것 같다.

로이드는 1921년 딕스터 저택에서 태어났다. 이 저택은 약 700년 동안 수많은 집주인을 거쳐 1910년 크리스토퍼의 아버지인 나다니엘 로이드가 소유하게 된다. 유명한 건축가 에드윈 루티언스(Edwin Lutyens, 1869~1944)가 리모델링을 맡았다.

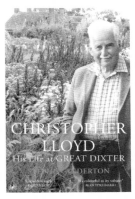

● 크리스토퍼 로이드의 전기 《Christopher Lloyd: His Life at Great Dixter》 표지. 크리스토퍼 로이드와 20년 넘게 절친한 사이였던 스티븐 앤더튼 Stephen Anderton이 썼다.

루티언스는 당대 유명한 가드너 거트루드 지킬(Gertrude Jekyll, 1843~1932)과 가까운 사이였다. 두 사람은 미술공예운동*을 주택과 정원에 적용한 최고의 팀이었다. 건축은 루티언스가, 정원은 지킬이 맡았다.

로이드의 어머니 데이지는 탁월한 가드너였고, 그 가드닝 기술을 아들에게 전수했다. 거트루드 지킬도 로이드에게

● 미술공예운동: 19세기 말 영국에서 윌리엄 모리스를 중심으로 일어난 수공예 부흥 운동.

● 그레이트 딕스터 가든

소개해 주었다. 로이드는 지킬에게서 정원에 대한 많은 것을
배웠다. 특히 다양한 색깔과 질감을 가진 식물들을 혼합해 예
술적으로 식재하는 방식을 배웠다. 이것은 로이드가 훗날 딕
스터 가든을 디자인하는 데 큰 영향을 미쳤다.

로이드는 케임브리지 킹스 칼리지King's College에 진학했
고 제2차 세계대전 이후에는 런던 대학교에서 원예를 공부
했다. 딕스터로 돌아온 그는 특이 식물 전문 양묘장을 운영하
며 정기적으로 저택과 정원을 일반인에게 개방했다. 그리고
2006년 85세로 세상을 떠날 때까지 딕스터에서 정원을 가꾸

면서 식물과 정원에 대한 글을 쓰며 살았다. 《혼합 식재 보더 The Mixed Border in the Modern Garden》, 《클레마티스Clematis》, 《잘 가꾼 정원The Well Tempered Garden》 등 25권의 책을 남겼다.

로이드는 영국이 낳은 또 한 명의 위대한 가드너인 베스 차토(Beth Chatto, 1923~2018)의 친구이기도 하다. 베스 차토와 2년간 주고받은 편지를 바탕으로 《사랑하는 친구이자 가드 너에게Dear Friend and Gardener》라는 책도 펴냈다. 집필 중이던 《모험적인 정원사를 위한 외래 식물Exotic Planting for Adventurous Gardeners》은 사후 지인들이 완성해 2007년에 출간했다.

로이드는 〈가디언The Guardian〉, 〈옵저버The Observer〉 등 여러 언론 매체에도 정원 관련 글을 기고했다. 1963년부터는 주간지 《컨트리 라이프Country Life》에 42년 동안 매주 칼럼을 연재했다. 정원 일을 하면서 이렇게 글을 써 낸 것은 정말 대단한 열정이 아니고서는 할 수 없는 일이다. 로이드는 유명한 가드너들 중 가장 글을 많이 남겼을 것이다. 그의 글은 인기가 꽤 많았다. 글에서 카리스마가 느껴지고 논쟁의 여지가 있는 주제에 대해서도 소신이 분명히 드러났다. 그러면서도 많은 영감을 주는 유익한 정보가 가득했다.

주관이 뚜렷한 태도는 정원 가꾸기에도 반영되었다. 그는 엉뚱한 발상으로 정원을 끊임없이 변화시켜 사람들을 놀라

● 크리스토퍼 로이드에게 큰 영향을 끼친 거트
루드 지킬. 지킬은 정원에 '디자인' 개념을 처음
도입했다. 식물의 다양한 색과 질감, 형태 등을 살
려 정원에 그림을 그리듯 식물을 심어 놓은 것이
특징이다. 이 때문에 정원을 예술의 경지로 끌어
올렸다는 평가를 받고 있다. 또한 정원을 귀족의
전유물에서 서민의 문화로 자리 잡게 했다. 그림
은 윌리엄 니콜슨William Nicholson이 1920년에
그린 거트루드 지킬 초상화.

게 했다. 1993년엔 루티언스가 건물과 함께 만들어 놓은 장미원을 뒤집어엎은 후 열대, 아열대에서 자라는 이국적인 식물들로 채웠다. 당시 다른 가드너들은 상상할 수 없는 파격적인 시도였다. 호불호가 분명히 갈린, 바나나와 칸나 · 알로카시아와 토란 등으로 꾸린 여름 정원 스타일은 이후 미국까지 퍼져나갈 정도로 인기를 끌었다. 로이드는 가드닝의 대중화에 기여한 공로로 1997년 왕립원예협회Royal Horticultural Society로부터 '빅토리아 명예 훈장', 2000년에는 영국 왕실로부터 '대영제국 훈장'을 받았다.

로이드는 거트루드 지킬을 주축으로 한 미술공예운동의 영향을 많이 받았다. 그는 혼합 식재의 달인이었다. 구석구석에 다양한 식물을 심어 드라마틱한 정원을 연출했다. 아름다운 정원일수록 매일 가드너의 디테일한 손길이 필요하다. 로이드는 뚝심 있고 성실하며 꼼꼼하고 감각적인 가드너였다.

로이드가 세상을 떠난 후 그레이트 딕스터는 로이드만큼이나 열정과 지식, 경험이 풍부한 가드너인 퍼거스 가렛Fergus Garrett이 디렉터로 재직하며 운영 중이다. 그는 1995년부터 이곳의 수석 가드너로 일하기 시작해 로이드의 정원 철학과 가드닝 방식을 그 누구보다 잘 알고 있고, 그 역시 로이드 못지않게 전 세계 가드너에게 많은 영감을 주고 있다.

2장.

고요한 소란
겨울

정원을 디자인할 때

빈 땅에 어떤 식물들을 어떻게 심을 것인가.

정원 디자인에 대한 생각은 사람마다 다르다. 마치 아름다운 산을 축소해 놓은 것처럼 돌무더기 사이사이에 여러 식물을 심어 놓고 감상하는 것에 만족하는 사람이 있는가 하면, 자연스러운 숲속 오솔길과 실개천, 연못을 만들고 다양한 야생화를 가꾸는 것을 좋아하는 사람도 있다. 넓은 면적의 땅에 한 가지 꽃만 가득 펼쳐진 정원을 좋아하는 사람도 있고, 각양각색의 질감과 색감을 가진 식물을 심어 계절마다 여러 꽃이 피고 지는 것을 즐기는 사람도 있고 말이다.

정원을 디자인할 때 가장 먼저 고민할 것은 누가 그 정원

● 디자인에 따라 달라지는 정원의 모습

을 즐기느냐는 것이다. 가령 화려한 꽃들을 즐기고자 하는 사
람들을 염두에 둔 정원이라면, 다채롭고 풍성할 필요가 있다.
하지만 소박한 철학과 취향을 가진 사람들을 위한 정원이라
면, 불필요한 것들을 덜어 내면서도 그에 맞는 예술적 감성을
접목해야 한다.

　하지만 정원 디자인은 어느 한 가지만 선택할 수 있는 것
이 아니다. 무수히 많은 변수와 아이디어로 다양해질 수 있다.
그래서 가드너는 한식, 양식, 중식, 일식에 모두 능한 셰프처럼
다양한 스타일의 정원 디자인에 능통해야 한다. 정원을 요리
에 빗댄다면, 고객이 어떤 요리를 주문하더라도 그에 걸맞은
식재료와 디자인으로 응수할 수 있어야 한다는 얘기다.

　일년초, 이년초, 숙근초, 관목, 소교목, 덩굴식물, 알뿌리
식물, 그라스 등 정원 식물의 종류도 무궁무진하다. 사계절 여
러 종류의 꽃이 피고 지는 초화류 정원의 경우, 3월 말에서 4월
초에는 튤립, 수선화, 히아신스, 프리틸라리아, 무스카리 같은
알뿌리식물 사이사이에 팬지, 비올라, 데이지, 물망초, 아네모
네를 심는다. 원추형 향나무 종류나 둥근 회양목 등 기하학적
모양의 침엽수를 같이 활용하면 정원에 입체감과 재미를 더할
수 있다. 4월 중순 이후에는 앵초, 제라늄, 석죽, 오스테오스페
르뭄, 작약, 델피늄, 디기탈리스, 루피너스, 버베나, 라바테라,

프틸로투스, 노루오줌, 금어초, 스토크, 플록스, 수국 등 꽃들이 말 그대로 쏟아져 나온다. 봄꽃이 모두 지고 기나긴 여름으로 접어들면 임파첸스, 페튜니아, 토레니아, 메리골드, 베고니아, 샐비어, 에키네시아, 루드베키아, 풍접초, 칸나, 란타나, 부용같이 더위에 강하고 장마를 견딜 수 있는 꽃들을 심는다. 알로카시아와 토란, 바나나, 에크메아 등 열대·아열대식물들을 함께 배치하면 아주 풍성한 여름 정원을 즐길 수 있다. 여름 꽃들 중 일부는 잘만 관리하면 가을까지 계속 자라며 꽃을 피운다.

하지만 습하고 무더운 여름을 지나며 녹아 버리거나 말라 죽는 꽃이 많아서 추석 전후로는 다시 신선한 가을꽃들로 화단을 보충해 줘야 한다. 국화와 아스터, 해바라기, 천일홍, 맨드라미, 백일홍, 코스모스, 다알리아와 함께 꿩의비름, 등골나물 같은 숙근초와 참억새, 수크령, 나래새, 바늘새풀, 꽃그령, 기장, 몰리니아 같은 하늘하늘한 그라스류도 좋다.

정원 디자인의 성패는 각 재료의 적절한 배합이 관건이다. 그런데 선택하고 결정해야 할 사항이 워낙 많다 보니 막막할 때가 있다. 그럴 땐 과거 훌륭한 가드너들의 도움을 받는다. 그들이 창안한 디자인 모델을 적용해 보는 것이다. 이를테면 거트루드 지킬의 디자인을 기준으로 삼는다면, 식물들 하나하나의 질감과 색감을 고려한 매우 섬세한 정원이 될 것이다. 빨강, 노랑, 파랑 꽃들을 패턴에 따라 줄 지어 심는 빅토리아 시대의 인위적이고 경직된 문양 화단과 달리 지킬은 여러 꽃을 섞어 자연스러운 정원을 만들었다. 파란색과 흰색, 은빛 식물들이 중간중간 섞여 전체적으로 파스텔 톤의 아주 부드러운 느낌을 선사한다.

누구를 위한 정원인지, 그리고 어떤 스타일로 정원을 만들지 결정했다면, 이제 도면을 그릴 차례다. 마치 화가나 그래픽 디자이너라도 된 양 도면 작업에 필요한 도구들을 준비한다. T자, 삼각자, 모양자, 연필, 지우개, 색연필, 마커펜, 트레이싱지 등 필요한 게 많다. 그다음 디자인할 정원의 화단 라인과 기존 나무들과 조형물, 시설물만 표시되어 있는 도면을 준비한다. 식재 면적에 따라 다르겠지만 보통 도면의 1~2센티미터 정도가 실제로는 1미터 정도가 되는 축적으로 작업하면 좋다. 이 기본이 되는 도면에 트레이싱지를 얹고 움직이지 않도록 종이테이프를 붙인다. 여기에 주요 라인을 표시하고 식물들을 그려 넣기 시작한다.

식물 종류가 많기 때문에 각각의 특징을 보여 주는 아이콘이나 기호로 표시한다. 식물들이 다 자랐을 때의 높이와 폭

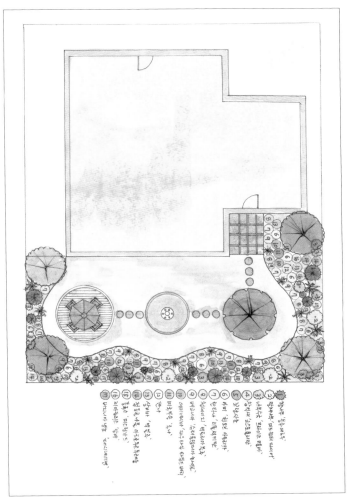

● 정원 디자인 도면. 손으로 직접 그리면 수채화처럼 섬세한 느낌을 낼 수 있다.

을 제대로 알고 있어야 그 모습을 상상하며 도면에 정확히 반영할 수 있다. 생각해 둔 색상 배합, 질감의 대비와 흐름 등에 따라 각 식물들의 아이콘을 그려 넣는 과정은 실제로 정원에서 식물들을 하나하나 심는 것이나 다름없다. 그만큼 고도의 집중력이 필요한 과정이다. 식물별로 디테일하게 색깔까지 칠해 놓으면 도면은 실제 정원처럼 예쁘게 완성된다. 컴퓨터 프로그램으로 디자인 작업을 할 수도 있지만, 나는 손으로 직접 그리는 아날로그 방식을 선호한다. 트레이싱지에 색연필이나 마커펜으로 그린 도면의 수채화 같은 느낌이 참 좋다. 마커펜은 색이 더 섬세하게 표현되고 터치가 부드러운 것이 좋다. 잘못 칠했을 때 다른 색깔로 덧칠하면 금세 수정이 가능한 것이 마커펜의 장점이다. 덧칠한 부분에 남는 자국은 동글동글하게 구슬려서 마감을 해 주면 깔끔하다. 이로 인해 전체적으로 색깔의 명암 차이가 날 수밖에 없는데 수채화 느낌은 바로 이 때문에 생긴다. 컴퓨터로는 제대로 표현하기 어려운 것이다.

잘 그려진 도면엔 정원의 모든 것이 담겨 있다. 음악가에게 악보가 있다면 가드너에겐 도면이 있다. 가드너는 작곡을 하듯 정원의 도면을 그린다. 그 도면이 로맨틱한 재즈 앙상블 같은 느낌일지, 아니면 웅장한 교향곡 같은 분위기일지는 가드너의 의도와 계획에 달려 있다. 아무튼 정원의 도면을 잘 준비해 놓으면 현장 일이 편하다. 매년 같은 화단에서 일년생 식물들을 교체하는 비교적 규모가 작고 단순한 형태의 정원은 현장에서 바로 디자인해 작업하기도 하지만 그래도 정원 디자인에 대한 가이드라인이 있느냐 없느냐는 차이가 크다.

정원 디자인을 하다 보면 문득 내 인생의 설계 도면도 이렇게 미리 예쁘게 그려 놓을 순 없을까 하고 생각할 때가 있다. 도면에 그려진 대로 정원에 꽃이 활짝 피는 것처럼 우리의 인생도 언젠가 그렇게 계획한 대로 만개할 날이 있지 않을까 싶은 것이다.

가드너의 크리스마스

처음 가드너로 일할 때 선배들이 하나같이 해 주던 말이 있다. 바로 '백공'이 되어야 한다는 것. 백공, 즉 백 가지의 일에 능한 기술자가 되어야 한다는 조언이다. 가드너는 한가로이 꽃만 키우는 게 아니라 정말 생각지도 못했던 온갖 일을 도맡아하는 직업이다. 화단 흙을 갈아엎고 평평하게 다지기, 각종 씨앗 뿌리기, 물 주기, 약 뿌리기, 잡초를 뽑거나 풀 베어 내기, 잔디 깎기, 꺾꽂이(삽목), 화분 나르기, 나무 심기, 거름 주기, 시든 꽃 따 주기, 순지르기, 가지치기 같은 일은 기본 중의 기본이다. 연못에 낀 청태(푸른 이끼) 제거와 물청소, 재배하우스 비닐 교체, 관수 라인 설치와 보수, 보일러 점검, 각종 식물 재배에 필요한 조명 설치와 관리, 유류 탱크 점검과 기름 충전, 유해 화학물질 관리, 각종 도구와 장비 보수, 트럭을 비롯한 각종 차량 운행과 관리, 나무 파쇄와 퇴비장 운영 등 아주 많은 일을 한다. 그뿐인가. 정원을 찾는 국내외 손님들을 안내하고 각종 교육, 체험 프로그램을 진행하기도 한다. 외부에서 요청이 들어오는 협력 사업을 비롯한 각종 보고서와 행정 문서 처리도 가드너의 몫이다.

일은 얼마든지 더 나열할 수 있다. 식물 표찰 관리도 그중 하나다. 조각기로 아크릴판에 식물 이름과 학명, 관리번호 등을 새겨 표찰을 만들고 정원에 꽂아 주는 일인데, 늘 최신 상태의 식물 정보를 유지하기 위해서다. 관람객이 많이 오가는 길에는 판석이나 통나무, 야자매트 등을 깔아 주고, 안전한 동선이 필요한 습지나 숲길에는 목재 덱deck도 설치한다. 돌담 쌓기나 가벽 제작도 가드너의 일에 포함된다.

때로는 목수가 되어 목재 구조물을 제작하고 페인트칠도 하는데, 이처럼 공예가가 되어 무언가를 창작하는 일도 해야 한다는 것은 미처 예상하지 못했다.

백공으로 가장 활약해야 할 시즌을 고른다면 크리스마스다. 한 해가 다 가도록 이미 많은 수고를 했는데도 크리스마스는 가드너들이 또 한바탕 제대로 정신과 육체를 불살라야 하는 시기다. 정원은 연말이 되었다고 해서 활동을 멈추는 게 아니기 때문이다. 곧 다가올 봄을 준비해야 하는 시기에 크리스마스 시즌 준비까지 겹쳐 가드너는 어쩌면 일 년 중 가장 바쁜 시간을 보낸다. 그간 고생한 동료, 가족과 서로 축하하고 격려하며 오붓한 시간을 보내고 싶은데 그럴 여력이 없는 것이다.

국화 전시를 마친 지 얼마 되지 않았는데, 크리스마스가 바싹 뒤에 서 있다. 국화가 시들어 가는 11월 중순이 되면 포인세티아와 시클라멘 같은 겨울 식물들을 대기시켜 놓고 올해의 마지막 성대한 축제를 준비하느라 정신없다. 꽃들이야 갖다가 심으면 되지만, 늘 새롭고 특별한 전시를 원하는 방문객들을 만족시키려면 어떻게 해야 할까. 나의 머릿속은 이미 아주 색다른 크리스마스 영화 같은 풍경을 그렸다 지우느라 분주해진다. 매년 인상적인 풍경을 연출하기도 어렵고 더욱이 크리스마스는 금방 지나가니 대충 할까 하는 생각이 들기도 한다. 그러다가도 한껏 부푼 마음으로 크리스마스 정원을 찾을 아이들을 생각하면 안일한 생각을 떨쳐 버리지 않을 수가 없다. 곧 해야 할 일들이 눈덩이처럼 불어난다.

수많은 아이템 중에서 커다란 눈사람 조형물은 언제나

● 겨울 전시를 위해 직접 만든
눈사람

옳다. 일단 아이들이 좋아한다. 눈사람은 크리스마스뿐만 아
니라 겨우내 정원에 놓아도 무난하기 때문에 가드너 입장에서
도 선택하지 않을 이유가 없다.

눈사람은 뻔한 오브제일 수 있지만 좀 기발하게 만들면
눈사람이 놓인 공간은 인기 포토존이 될 수 있다. 문제는 '제대
로' 만드는 것인데, 부족한 예산과 촉박한 일정, 인력난까지 겹
쳐 매우 열악한(?) 상황에서 만들어야 하는 게 현실이다. 대형
크리스마스트리를 비롯해 여러 소품까지 직접 만들고 장식해
야 하니 산 넘어 산이다.

그럼에도 가드너들은 방문객들을 생각하며 기운을 모은
다. 재배하우스 한구석은 금세 냉장고만 한 거대한 스티로폼
을 가지고 작업하는 공방이 된다. 비록 몇 명 안 되지만 가드
너들은 각자 할 일을 나눠 맡아 톱질에 사포질 등을 하면서 밤

을 지새운다. 하우스 바닥엔 스티로폼 조각이 쌓여 가고 가드너들 몸에는 스티로폼 가루가 붙어 가드너들이 먼저 눈사람이 되고 만다. 가드너의 손재주가 저마다 달라 눈사람 모양도 제각각이지만, 눈코입 붙이고 모자와 옷까지 입히면 제법 '무난한' 눈사람이 완성된다. 결국 이번에도 솔방울과 막대기, 당근, 털모자와 귀마개, 빨간 목도리 같은 뻔한 소재들이 쓰였지만 말이다.

가드너가 직접 만드는 게 어디 눈사람뿐이랴. 요정들이 사는 나무집, 커다란 강돌로 둘러싸인 작은 연못 등도 만든다. 그래서 근처 철물점을 마트나 편의점만큼이나 자주 찾는다. 좀 특이한 연출을 위해 공중에 무언가를 매다는 경우도 많다. 가령 커다란 나비들을 만들어 일제히 하늘로 날아오르는 듯한 장면을 연출하기도 하고, 커다란 솜뭉치로 구름을 형상화해서 둥둥 떠 있게 하기도 한다. 이쯤 되면 가드너를 '종합 예술인'이라고 불러도 되지 않을까. 계절에 따라 끊임없이 변해 가는 크고 작은 정원에서 수많은 종류의 식물을 키우는 한편으로 이런 창조적인 일들까지 해내니 말이다.

식물 인큐베이터, 배양실

식물원에는 성역 같은 곳이 있다. 절대 세균이나 바이러스, 곰팡이가 있어서는 안 되는 곳, 바로 조직 배양실이다. 이곳은 식물체의 아주 미세한 일부 조직만 가지고도 금세 모체와 똑같은 개체를 만들어 낼 수 있는 마법 같은 공간이다. 좀 더 자세히 말하자면, 식물이 무균 상태에서 자랄 수 있도록 각종 영양소가 들어 있는 배지에 식물의 생장점이나 줄기, 잎, 뿌리 일부분을 배양하여 완전한 식물체로 키우는 작업을 하는 곳이다. 그래서 조직 배양실은 항상 깨끗한 환경과 쾌적한 온습도를 유지한다.

가끔씩 배양실에 들르면 야외의 거친 환경과 사뭇 다른

분위기를 느낀다. 그곳엔 각종 작업을 수행하기 위한 기구와 장비가 들어차 있다. 선반에는 학교 과학실에서 많이 보았던 유리 비커와 플라스크, 다양한 크기의 시험관, 피펫, 저울과 현미경 등이 놓여 있고, 원심분리기와 액체 교반기 같은 고가의 장비들도 있다.

배양실에 가면 괜스레 가드너로서 자부심을 느낀다. 단순히 정원을 가꾸는 일만 하는 게 아니라 과학적인 연구 과제도 수행하는 데서 오는 뿌듯함이다. 그래서 외부 손님들이나 견학 온 학생들에게 꼭 자랑하고 싶은 공간이다.

배양실에는 기구와 장비를 관리하며 배양 작업을 하는 연구자들이 따로 있다. 물론 어떤 식물을 증식해 전시에 활용할지는 가드너들과 함께 논의해서 계획한다. 주로 많이 증식하는 것이 파리지옥, 네펜데스, 사라세니아, 끈끈이주걱, 벌레잡이제비꽃 같은 식충식물이다. 작은 곤충들을 잡아먹는 식충식물 정원은 아이들이 가장 좋아하는데, 다른 곳보다 손이 많이 간다. 특히 파리지옥은 괴물의 입처럼 쩌억 벌린 잎의 안쪽 섬모를 건드렸을 때 갑자기 잎을 꽉 닫아 버리는 독특한 특성 때문에 아이들이 손을 자주 댄다. 그 바람에 파리지옥이 스트레스를 받아 죽기도 한다. 그럼 새로 충당해 줘야 하는데 그 일이 만만치 않다. 이럴 때 조직 배양이 큰 도움이 된다.

환경부에서 지원하는 '서식지외 보전 기관' 프로젝트를 진행할 때도 조직 배양의 덕을 본다. 멸종 위기에 처했거나 희귀한 식물들을 대량 증식하고 그 개체들을 원래의 서식지에서 복원하여 생태계를 유지하며 살아가도록 하는 것이다.

가끔 일손이 달릴 땐 조직 배양실로 지원을 나간다. 나름 깔끔한 공간에서 종일 편안하게 앉아 일할 수 있으니 배양실로 출근하는 날은 마실 가듯이 마음이 가볍다. 배양 작업을 할 때 꼭 필요한 것이 방역이다. 그래서 배양실에 들어갈 때는 흙이 잔뜩 묻은 작업화를 벗고 깨끗한 덧신을 신어야 한다. 청결한 작업 환경이 무엇보다 중요한 곳이다 보니 담당 연구자들 역시 아주 깐깐하다. 잘못하면 호되게 잔소리를 들을 수 있다.

배양 작업을 하는 무균대는 '클린 벤치'라고도 한다. 작업 전에 이곳을 알코올로 소독하고 작업할 재료들을 갖춰 놓는다. 젤리처럼 보이는 배지가 담긴 투명한 병들은 이미 담당자가 며칠 전에 준비해 놓은 것이다. 수분과 양분이 들어 있는 배지는 배양하려는 식물 종류에 따라 조제하는 레시피가 다르다. 기본적으로 질소·인산·칼륨·마그네슘 등 무기 염류와 붕소·아연 같은 미량 요소, 탄수화물·비타민·아미노산 같은 유기물, 옥신이나 시토키닌 같은 생장 조절제가 들어간다. 그야 말로 온갖 좋은 성분이 적절한 양으로 완벽하게 들어 있는 셈이다. 젤리의 원료이기도 한 한천*은 이러한 다양한 요소를 한데 뭉쳐 주는 중요한 역할을 한다.

이제 본격적인 배양 작업이다. 알코올램프로 소독한 칼과 핀셋을 이용해 식물 재료를 잘라 유리병 안 폭신폭신한 배지에 하나씩 살포시 놓아 자리를 잡아 준다. 워낙 섬세한 작업이다 보니 손이 미세하게 떨린다. 말 한마디 없이 초집중해 배지에 식물 재료를 심고 소독하는 작업을 반복하다 보면 마치 명상이라도 하는 기분이다. 오롯이 식물과 나, 둘만의 시간이 흐른다. 깨알만큼 작게 분할된 녹색 세포들이 얼마 후면 온전한 하나의 식물체가 된다고 하니, 이들의 전형성능**에 다시금 감탄한다. 만약 인간에게도 이런 능력이 있다면? 아, 이건 생각만 해도 좀 끔찍하다.

하나하나 배지 이식이 완료되면 유리병 입구 부분을 파라필름으로 칭칭 감는다. 뚜껑엔 네임펜으로 식물 이름과 배

● 한천寒天 우뭇가사리 따위를 끓여서 식혀 만든 끈끈한 물질.
●● 전형성능全形成能 단세포 혹은 식물 조직 일부분에서 완전한 식물체를 재생하는 능력.

❄

● 여러 식물이 자라고 있는 배양실

양 날짜를 적어 둔다. 작업이 끝난 유리병들은 조명이 아주 환하게 설치된 배양실 선반에 질서 정연하게 놓는다. 배양실 온도는 늘 20~25도, 습도는 70~80퍼센트를 유지한다. 유리병 안의 작은 생명체는 이곳에서 하루가 다르게 쑥쑥 자라 몇 달 후면 병을 꽉 채운다.

　어느 정도 자란 개체들은 이제 유리병 바깥세상으로 나가야 한다. 균이 전혀 없는 깨끗한 곳에서 자라다가 토양으로 이식된다는 것은 식물 입장에서는 굉장한 모험이다. 깨끗하고 안전한 인큐베이터 안에서 자라던 아기가 바깥으로 나온 것이나 마찬가지다. 아무리 깨끗한 토양을 준비해도 이식 후 많은 식물이 죽는다. 여러 환경 요인에 영향을 받을 수밖에 없기 때문이다. 결국 배양도 농사와 다를 바 없는 셈이다. 가드너와 연구자가 한 단계, 한 단계를 얼마나 세심하게 신경을 쓰며 보살펴 주었는지가 성공과 실패를 판가름한다.

싹을 틔우기까지

주문한 씨앗들이 우편물로 도착했다. 각 씨앗이 담긴 포장을 개봉하면서 거기 적힌 이름들과 씨앗 모양을 살펴보았다. 약봉지 같은 곳에 먼지처럼 들어 있는 아주 작은 씨앗도 있고, 타마린드처럼 엄지손가락만 한 씨앗도 있다. 초콜릿을 잘게 부숴 놓은 것처럼 생긴 씨앗도 있고, 종묘회사에서 이미 코팅 처리를 해서 색깔을 입힌 씨앗도 있다. 변질을 막고 벌레가 먹지 못하게 하려는 조치다. 씨앗들은 보고만 있어도 괜스레 설렌다. 씨앗이 싹을 틔워 어엿한 하나의 식물로 성장하기까지의 지난한 과정은 잠시 잊고서 말이다.

물론 성장은 파종에서 시작된다. 씨앗 뿌리기. 간단해 보이지만 많은 종류의 씨앗을 파종하는 일은 만만치 않은 일이다. 씨앗마다 파종 방법이 다르기 때문이다. 그래서 파종할 때는 가능한 한 혼자서 한다. 옆에 누가 있으면 집중력이 떨어져 헷갈릴 수 있다. 특히 어떤 트레이에 어떤 씨앗을 뿌렸는지 표시를 해 두지 않으면 결국 싹이 나고 잎과 꽃이 나올 때까지 기다려야 할 수도 있다. 물론 경험 많은 가드너는 싹이 나오는 것만 봐도 대충은 알 수 있다.

뜻밖의 일도 종종 겪는다. 분명히 해외 식물원에서 귀한 씨앗을 입수해 뿌려 놓았고 싹이 올라와 정성껏 키웠는데, 알고 보니 원래 씨앗은 발아가 되지 않고 다른 데서 날아온 잡초 씨앗이 자란 것이다. 표찰에 적어 둔 이름이 지워지는 경우도 있다. 씨앗 중에는 발아하는 데 수개월에서 1년이 넘게 걸리는 것도 있다. 발아 기간이 길다 보니 가드너도 잊고, 표찰도 퇴색해 버리는 것이다. 이런 상황을 대비해서라도 지워지지 않게 조치를 해 놔야 한다.

이제 파종할 흙을 준비한다. 파종 트레이에 흙을 채우고 긴 막대기로 판판하게 고른다. 그 모습이 마치 아내가 좋아하는 티라미수 케이크 같다. 이때 흙은 거름기가 거의 없는 것을 쓴다. 신기하게도 씨앗은 아무리 작아도 기본적으로 싹을 틔울 정도의 양분은 지니고 있어, 거름기가 너무 많으면 오히려 영양 과잉을 초래해 싹이 자라는 데 걸림돌이 될 수 있기 때문이다.

트레이 각 칸을 손가락으로 살짝 지그시 누르고, 씨앗 크기에 따라 하나 혹은 여러 알을 점점이 떨어뜨린다. 삶은 달걀에 살짝 소금을 치듯 손가락으로 씨앗을 집어 뿌리기도 하고, 손으로 집을 수 없을 정도로 아주 작은 씨앗들은 반으로 접은 종이에 담아 손톱으로 톡톡 치면서 흩뿌리기도 한다. 씨앗 카탈로그의 매뉴얼에 따라 빛을 좋아하는 씨앗은 씨앗이 거의 노출되도록 심고, 어둠을 좋아하는 씨앗은 씨앗 위에 살짝 흙을 덮어 준다.

씨앗을 뿌렸으면 이제 물을 줄 차례다. 물 주기가 쉬워 보이지만 처음엔 실수 연발이었다. 그냥 위에서 물을 주면 물줄기가 너무 세서 씨앗을 심은 곳들이 파헤쳐지기 십상이다. 그래서 밑에서 물을 흡수할 수 있게 물이 담긴 대야에 트레이를 담가 보았다. 이번엔 밑에서 갑자기 발생하는 물의 압력과 부력 때문에 흙과 씨앗들이 모두 위쪽으로 솟구쳐 엉망이 되고 만다. 결국 몇 번의 시행착오 끝에 아주 가늘게 분사되는 관수 노즐을 사용하여 부드럽게 물을 주는 데 성공했다. 아주 얕게 물을 채운 넓은 받침대에 살짝 트레이를 올려놓거나, 아예 처

● 트레이에서 싹을 틔운 식물(위). 트레이에 씨앗을 심을 때는 흙을 손가락으로 지그시 누른 후 떨어뜨린다.

음부터 파종용 흙을 충분히 적신 후에 씨앗을 뿌리는 것도 한 방법이다.

씨앗을 심고 물도 줬으니 이제 일이 끝난 것일까? 그렇지 않다. 트레이의 흙은 밝고 따뜻한 곳에서 금세 말라 버린다. 하루 이틀 깜박하고 물을 안 주면 흙이 말라 빳빳한 쿠키처럼 되어 있는 걸 발견하게 된다. 물을 먹고 열심히 뿌리를 내리고 싹을 틔우려던 씨앗은 갑자기 물이 끊기니 그대로 고사해 버리고 만다. 말라 버린 흙 상태를 확인하고는 물 주기를 잊은 스스로를 자책하며 허겁지겁 혹시나 하는 마음으로 열심히 물을 줘 봤자 흙에 이끼만 끼어 갈 뿐 싹은 영영 보이지 않는다. 씨앗을 뿌린 트레이는 갓난아기처럼 늘 지켜보며 필요한 조치를 즉각 취해 줘야 한다. 무더운 날에는 오전, 오후 두 번 물을 주어야 할 때도 있다.

우여곡절 끝에 나온 싹은 적절히 차광된 빛을 받으며 무럭무럭 자란다. 빛이 부족하면 콩나물처럼 웃자라고, 직사광선처럼 센 빛은 어린잎을 태워 버린다. 완전한 성체가 될 때까지 뭐든 쉬운 일이 없다. 특히 어린 생명체는 식물이든 동물이든 각별한 관심을 기울여야 살아남는다. 식물에서 눈을 떼지 않고 꾸준히 보살피는 것이 가드너가 해 줄 수 있는 최선이다.

벌레와 대치하는 날

예쁜 꽃들만 보면서 우아하게 일할 것 같지만 가드너들은 그 예쁜 꽃들을 유지하기 위해 온갖 구저분한 일도 한다.

그중 가장 재미없으면서 피곤한 일이 병해충 관리다. 매일 한 송이씩 화사한 꽃을 피우는 하와이무궁화 꽃줄기에 다닥다닥 붙어 있는 노란 진딧물이나 장미 잎에 먼지처럼 번성한 응애를 발견하면 꽃에 대한 감흥은 바닥으로 떨어지고 징그러운 벌레들 때문에 온몸이 간지러운 느낌마저 든다. 아카시아나무나 관엽류에 낀 솜털깍지벌레는 지나간 자리마다 솜사탕 찌꺼기처럼 끈적거리는 것을 남기고, 흰가루병은 백일홍 잎에 밀가루를 뿌려 놓은 것 같은 흔적을 남긴다.

재배하우스에서는 밤낮의 기온차가 크고 습도도 높아 종종 잿빛곰팡이병이 생긴다. 이 병은 식물의 상처 입은 곳에 침투한 균 때문에 생기는데, 갈색 병반이 생기다가 식물이 썩어들어간다. 봄에 쓰려고 재배 중이던 팬지 같은 꽃들이 이 병에 걸리면 정말 큰일이 아닐 수 없다.

돌아서기 무섭게 잡초가 쑥쑥 자라듯이 병해충도 잠시의 방심을 허락지 않는다. 가령 응애는 덥고 건조한 이른 봄부터 여러 차례 발생하고, 진딧물은 장마철인 오뉴월에 많이 생긴다. 재배하우스나 온실에선 주기적으로 온실가루이가 발생한다. 정원에는 어디서 날아왔는지 각종 균과 벌레 알들이 늘 존재한다. 우리 몸이 늘 감기나 여러 바이러스의 위험에 노출되어 있듯, 식물도 마찬가지다. 사람이나 식물이나 면역력이 강해야 하는 이유다.

식물의 면역력은 흙에 달려 있다. 식물의 숨겨진 반쪽인 뿌리가 튼튼해야 병해충에 잘 걸리지 않기 때문이다. 병해충은 약한 식물을 귀신같이 찾아낸다. 토양 환경을 좋게 해 주고 때에 맞춰 거름도 잘 주면 식물은 건강을 유지하며 병해충이 와도 어느 정도 견뎌 낼 수 있다. 그렇지 못할 경우엔 방어 체계가 쉽게 무너져 병해충의 온상이 된다. 다행히 정원에 많이 쓰이는 초화류는 병해충에 내성이 강한 형질을 갖도록 개량된 품종이 많다. 하지만 정원 생태계에 늘 잠복 중인 병해충 세력들 역시 진화하며 식물, 가드너들과 영원히 맞선다.

병해충은 가능한 한 빨리 발견하는 것이 상책인데, 관리하는 식물이 워낙 많다 보니 일일이 찾아내기가 쉽지 않다. 그래서 정원을 오랫동안 관리한 가드너는 습관적으로 식물의 잎을 들춰 살피고, 어느 시기에 어떤 약을 쳐야 한다는 나름의 병해충 방제 일정표를 갖고 있다.

온실에서 약을 칠 때는 거의 2인 1조로 움직인다. 약줄이 길다 보니 약줄을 잡아 줄 1인이 필요하다. 방제복을 입고 미스트로 분사되는 약줄을 끌고 다니며 식물들의 잎 사이사이 구석구석 약을 치다 보면 금세 온몸이 약과 땀에 젖는다. 약을 칠 때는 먼저 정원의 동선을 따라 약줄을 끝까지 펼쳐 놓는다. 그리고 되돌아오면서 약을 준다. 처음부터 줄을 끌고 가면서 약을 주면 더 힘들다.

약은 가능하면 친환경적인 것을 쓴다. 하지만 해충이 너무 많이 번지면 약도 잘 듣지 않는다. 성충을 대부분 제거해도 안심할 수 없다. 일부라도 살아남으면 금세 다시 증식하기 때문이다. 또 1령, 2령 등 세대별로 잠복하는 기간이 달라서 서너 차례에 걸쳐 철저하게 주기적으로 방제를 해 줘야 다 잡힐

까 말까 한다. 곳곳에 끈끈이를 매달아 놓기도 하고 천적으로
방제하는 방법을 써 보기도 한다. 가드너는 식물들의 쾌적하
고 행복한 삶을 위해 늘 고민하지만, 벌레와 공존할 수밖에 없
는 운명이기도 하다.

아이들이 열광하는 '열대 정원'

열대 정원 담당 선배 가드너가 아침부터 분주한 걸 보니 대대적으로 일을 벌일 모양이었다. 온실 안 열대식물들이 너무 우거져 정리 작업을 한다는 것이었다. 우선 인도고무나무, 떡갈잎고무나무, 벤자민고무나무 등 대형 고무나무 종류가 타깃이었다. 대부분 천장에 닿을 만큼 너무 많이 자라 더는 가지를 뻗을 공간이 없는 상황이었다. 그 식물들은 천장이 가장 높은 온실 중앙 쪽이 아니라 천장이 낮은 가장자리 쪽에 놓여 있었다.

선배는 나무 위로 올라가 나뭇가지들을 거침없이 잘라냈다. 곧 바닥엔 나뭇가지와 잎들이 수북이 쌓였다. 나는 온실

안으로도 들어올 수 있는 작은 덤프트럭에 그것들을 담아 파쇄장으로 옮겼다.

가드너마다 일하는 스타일이 다른데, 그 선배는 굉장히 터프(?)하게 일하는 편이었다. 선배가 가지를 쳐 낸 후 나무들을 바라보니, 상가 간판이나 선거철 홍보용 플랜카드를 가린다는 이유로 풍성했던 가지들을 쳐 내 몸뚱이만 남은 가로수들이 떠올랐다. 과연 선배가 잘라 낸 고무나무의 양은 어마어마했다.

나보다 경력이 오래된 가드너이니 믿고 따를 수밖에 없었지만, 작업이 끝난 후의 광경을 보니 적이 당황스러웠다. 선배의 얘기인즉슨 열대의 나무들은 온실 안의 공중 습도를 머금고 빠르게 자라기 때문에 아주 강하게 가지치기를 해 줘야 한다는 것이었다. 그 말도 이해는 갔지만 과연 외국의 유서 깊은 식물원 온실에서도 식물들을 그렇게 관리할까 하고 의심이 가는 대목이었다.

온실 안의 식물들은 뭐든 너무 빨리 자라 걱정인 것은 사실이다. 가령 바나나만 해도 그렇다. 거대하게 자라는 초본류인 바나나는 따뜻하고 습한 환경에서 연중 새잎을 틔우고 꽃을 피우고 열매를 맺는데, 수명이 다할 무렵 밑동 근처에서 새끼 식물이 올라온다. 모체는 1, 2년 동안 수십 송이 열매를 생산하고 나면 생을 마친다. 그럼 바통을 넘겨받듯이 밑동 근처에서 새끼 식물이 자라나 또 왕성하게 꽃과 열매를 만들어 낸다. 제 할 일을 끝낸 모체는 밑동만 남기고 깨끗이 잘라 낸다. 가끔 관람 시간에 바나나가 쓰러졌다는 제보를 받고 출동하는데, 나무가 잎줄기와 열매의 무게를 이기지 못해 쓰러져 있는 경우다. 그러면 그 커다란 줄기들을 여러 토막으로 자른 뒤 수레에 실어 퇴비장으로 향한다.

어린이 고객들은 특히 열대 정원을 좋아한다. 신기한 식물이 많기 때문이다. 아이들은 식물들을 함께 관찰하며 재미있는 이야기까지 들려주면 정글 탐험이라도 하는 양 호기심 가득한 눈을 빛낸다. 약간의 과장이 있긴 하지만, 이를테면 거꾸로 매달려 자라는 수염틸란드시아를 "날아다니는 식물"이라거나 잎의 안쪽 섬모를 두 번 건드리면 잎을 닫는 파리지옥을 "숫자를 셀 줄 아는 식물"이라고 표현하면 아주 신나 한다. 무초처럼 소리에 반응하는 식물 앞으로 아이들을 데리고 가서는 다 같이 합창을 시켜 그 식물의 잎이 마치 춤을 추듯 움직이게 만들기도 한다. 그러면 아이들은 탄성을 터트린다.

또 온실의 작은 연못에서 자라는 맹그로브는 "새끼를 낳는 식물"이라고 소개한다. 맹그로브는 열매가 나무에 달려 있을 때 열매에서 싹을 틔우고 뿌리를 발달시킨다. 이 초록색 뿌

● 아이들이 열광하는 대표적인 열대식물
파리지옥(위)과 '춤추는 식물' 무초(아래)

● 맹그로브 열매에서 자라난
어린뿌리

리가 어느 정도 자라면 나무에서 열매를 뚝 떨어뜨려 진흙 속
에 뿌리를 박고 독립하게 하는데, 이 모습을 "새끼를 낳는다"
고 표현하는 것이다.

　이러한 약간의 허풍(?) 덕분에 주로 봄가을에 학생들을
대상으로 하는 식물 교육 프로그램은 늘 성황리에 운영되곤
했다. 가드너와 함께 여러 주제의 정원을 돌면서 아이들은 자
연스럽게 자연환경과 식물의 중요성을 깨닫는다.

세계의 가드너 2

**발상의 전환을 보여 준
베스 차토**

비 말고는 물을 거의 주지 않아도 되는 정원을 만들 순 없을까. 이런 물음은 관리 차원에서도 필요하고 물을 아끼는 환경 보호 측면에서도 의의가 있다. 미세먼지로 숨 쉬는 것조차 불편해지자 공기 정화 식물들이 주목을 받듯이 앞으로 물이 점점 더 귀해지면 물을 적게 줘도 되는 정원에 대한 수요는 점점 더 많아질 것이다. 이미 미국을 비롯한 여러 나라에서는 제리스케이프Xeriscape라는 개념의 내건성 정원과, 빗물 정원 혹은 습지 정원이 크게 부각되고 있다.

너무 건조하거나 습하거나, 아주 춥거나 더운 환경에선 식물이 살기 어렵다. 이런 극단적으로 열악한 환경에서도 멋진 정원을 만들어 내는 가드너들이 있었다. 대표적인 사람이 영국의 가든 디자이너이자 작가인 베스 차토다. 그녀의 기본 철학은 모든 환경에는 그에 맞게 진화한 식물들이 있으니, '올바른 곳에 올바른 식물Right Plant, Right Place'을 심자는 것이다. 이런 생각은 후배 가드너들에게 큰 영감을 주었다.

베스의 부모는 모두 열정적인 가드너였다. 그녀는 원래 교사가 되려고 대학에 진학했지만, 훗날 남편이 되는 앤드루 차토Andrew Chatto를 만나면서 전혀 다른 삶의 길로 들어섰다. 앤드루는 유명 출판사 설립자의 손자이자 과수원 농부였고 평생 식물과 생태학에 관심을 쏟았다. 식물에 관심이 많은 두 사람은 곧 사귀기 시작했고 1943년 결혼해 콜체스터Colchester에 정착한다. 그곳은 차토 가문의 과수원이 있던 엘름스테드 마켓Elmstead Market과 가까웠다. 베스는 근처에서 양묘장을 운영하는 친구 파멜라 언더우드와 콜체스터에 꽃꽂이 클럽을 설립한다. 이 클럽을 중심으로 강연과 꽃꽂이 시연 등 왕성한 활동을 벌였다. 특이한 식물에 관심을 보이는 회원들에게는 식물을 우편으로 배송해 주는 서비스도 제공했다.

이 무렵 베스는 남편 다음으로 자신의 인생에 큰 영향을 끼친 사람을 만난다. 화가이자 식물 애호가였던 세드릭 모리스(Cedric Morris, 1889~1982)다. 베스는 서픽주 벤튼 엔드Benton End에 위치한 그의 정원을 처음 방문했을 때, 큰 감명을 받았다. 지금껏 보지 못한 식물들이 색과 질감, 모양 모두 제각각이면서도 조화를 이루고 있었다. 이후 베스 부부는 주기적으로 세드릭과 교류하며 식물과 정원에 대해 많은 것을 배

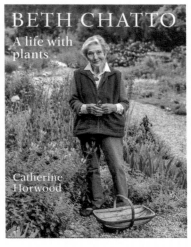

● 베스 차토의 전기《Beth Chatto: A Life with Plants》표지. 베스 차토의 친한 친구이자 작가인 캐서린 호우드Catherine Horwood가 베스와 그녀의 친구, 가족들과 500시간 이상 나눈 대화를 바탕으로 썼다.

우고 여러 희귀식물도 분양받았다.

베스 차토 부부는 1960년 차토 가문의 과수원 부지에 딸려 있던 농장 집White Barn House으로 터전을 옮겼다. 훗날 전 세계적으로 유명해진 그녀의 정원과 이야기가 탄생한 곳이다. 그곳은 2만 8천 제곱미터로 그때까지 한번도 경작된 적이 없는 땅이었다. 거의 종일 땡볕이 내리쬐어 건조하고 척박했으

● 베스 차토의 정원

며, 집 뒤쪽 땅은 물이 늘 고여 있어 습했다. 베스는 세드릭에게 정원을 어떻게 조성하면 좋을지 조언을 구했다. 하지만 그가 해 준 말은 위대한 정원을 만들고 싶으면 차라리 다른 곳으로 이사를 가라는 것이었다. 베스는 평소 존경했던 멘토의 충고에 실망했지만 포기하지 않았다. 식물은 자연 서식지와 가까운 환경에서 가장 잘 자란다는 원칙을 고수하며 그 부지의 토양 조건에 맞는 다양한 식물을 찾았다. 에식스 지역은 강우량이 매우 적다는 점도 고려했다.

이때 남편 앤드루의 정원용 식물의 생태에 대한 오랜 연구가 큰 도움이 되었다. 그녀는 자연은 서로 다른 환경에서 살아남도록 식물들을 창조했으니, 식물들을 가장 알맞은 자리에 자리 잡도록 하면 된다고 믿었다. 그걸 토대로 조금씩 자신만의 정원을 만들어 갔다. 다른 곳에서 볼 수 없는 매우 독특한 정원이 생겨났다. 자갈, 수풀, 물이 특징인 곳은 그 특징을 그대로 살렸다. 건조하고 척박한 곳은 '자갈 정원'으로, 잡목이 우거진 곳은 '수풀 정원'으로, 물이 고인 곳은 '물의 정원'으로 변모시킨 것이다. 세드릭의 조언을 들었다면 결코 만들어 낼 수 없었을 정원이었다. 그리고 1967년엔 희귀식물 전문 농장을 열었다.

베스의 정원은 점차 유명해져 국내외 언론과 미디어에

등장하기 시작했다. 베스는 1975년엔 왕립원예협회 전시홀에 '겨울 정원'을 조성했고, 1977년부터 87년까지 세계적인 꽃박람회인 영국 첼시꽃박람회Chelsea Flower Show에서 희귀식물을 소재로 전시를 열어 10회 연속 금메달을 받았다. 정원에 관한 책도 여러 권 냈다. 그중 가장 큰 주목을 받은 건 첫 번째 책 《건조 정원Dry Garden》이다. 이 책에서 영감을 받아 유행하게 된 '건조 정원 식물 컬렉션'은 오늘날에도 인기 품목이다. 60센티미터까지 자라며 3~7월까지 꽃을 피우는 유포르비아 마르티니Euphorbia × martinii, 파란 꽃이 환상적인 에린지움 '피코스 블루'Eryngium bourgatii 'Picos Blue', 연녹색 잎들 사이에서 몇 주 동안 짙은 보라색 꽃들을 피우는 아가스타체 '블랙 애더'Agastache 'Black Adder', 몽환적인 분위기를 자아내는 회향 '자이언트 브론즈'Foeniculum vulgare 'Giant Bronze', 푸른빛 머리카락처럼 정원을 신비롭게 바꿔 주는 글라우카김의털 '일라이저 블루'Festuca glauca 'Elijah Blue', 노란색 설상화와 까만색 관상화가 대비를 이루며 늦가을까지 인상적인 꽃의 향연을 펼치는 루드베키아 '골드스텀'Rudbeckia fulgida 'Goldsturm', 군락을 이루는 식물들 사이에 점점이 심어 두면 좋은 장구채산마늘Allium sphaerocephalon 등이다. 《건조 정원》 외에도 베스는 《습지 정원The Damp Garden》, 《자갈 정원Beth Chatto's Gravel Garden》, 《수풀 정원Beth Chatto's Woodland Garden》등 식물을 좋아하는 이들이라면 꼭 읽어야 할 책들을 선보였다. 앞서 소개한 크리스토퍼 로이드와 2년간 주고받은 편지를 엮어 《사랑하는 친구이자 가드너에게》도 냈다.

베스 차토는 식물과 원예에 관한 정규 교육을 받지 않았는데도 전 세계 가드너의 추앙을 받는 존재가 되었다. 정원을 향한 그녀의 순수한 열정과 애정이 사람들의 마음을 움직였으리라 생각한다. 그녀는 2018년 향년 94세의 나이로 눈을 감았다. 페이스북을 비롯한 SNS에서는 한동안 애도의 물결이 이어졌다. 하지만 그녀는 '전설'로만 남지는 않을 것이다. 후배 가드너들이 그녀의 정신을 이어 갈 것이기 때문이다. 앞으로도 누군가 버려진 땅을 본다면, 아름답고 생태적인 정원으로 만들 꿈을 꿀 것이다.

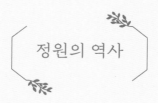

정원의 역사

    수목원과 식물원, 그리고 수많은 공공 정원에서 일하는 가드너뿐 아니라 크든 작든 식물을 기르고 정원을 가꾸는 사람은 모두 가드너다. 시골집 밭에서 총각무와 대파를 기르셨던 우리 할머니부터 17세기 베르사유 궁전의 장엄한 파르테르Parterre 화단을 디자인했던 르노트르(Le Nôtre, 1613~1700)까지, 뉴욕 한복판의 작은 아파트 안에 500여 개의 식물 화분을 들여놓고 키우는 밀레니얼 세대 식물 애호가 섬머 오크스부터 글 쓰는 시간 이외에는 정원 일에 올인했던 헤르만 헤세까지 모두 가드너다.

    여기선 잠깐, 정원의 역사를 살펴보려고 한다. 과거의 가드너들이 가꿔 온 정원의 역사를 알면 현재 그리고 미래의 정원이 보일 것이다. 세계 여러 나라의 가드너가 사용한 정원 양식, 소재, 조성 기법 등이 어떻게 변천해 왔는지 알면 정원을 좀 더 여러 측면에서 창의적으로 상상할 수 있고, 정원에 관한 건설적인 논쟁도 할 수 있기 때문이다.

고대 이집트

1만 년 전 티그리스강과 유프라테스강 사이에 놓인 비옥한 초승달 지대에서 농경 생활이 시작된다. 가드너로서 인간의 삶도 이때부터 본격적으로 시작되었다. 인간은 야생으로부터 보호된 공간에 도시를 건설하고 자신들이 원하는 식물을 심고 거기서 나오는 수확물로 삶을 영위했다. 어떤 사람들은 잉여 수확물로 부를 축적하여 남들보다 더 많은 토지를 소유했다.

안전하게 보호된 담장 안에서 자연을 길들여 정원을 만든다는 개념은 고대 이집트 시대로 거슬러 올라간다. 초기의 정원은 직선 중심의 정형식 정원*이었다. 당시엔 강이나 산의 물을 이용하기 위해 운하와 수로가 발달했는데 이 시설들의 이점을 최대한 활용한 형식이었다.

● 정형식 정원定形式 庭園: 원·타원·직사각형 등의 기하학적 도형에 따라 나무나 화단 따위가 가지런히 배열된 인공 정원.

● 고대 이집트 테베의 귀족 네바문의 무덤에서 발견된 벽화(BC 1380년). 사후 세계를 그린 것이지만, 당시 부자들의 정원으로 추측하고 있다. 대영박물관 소장.

이 시대 가드너들은 울타리로 둘러싸인 안전한 곳에 과수·채소·허브 등을 풍성하게 길렀고, 연못가에 심은 큰 나무들이 드리운 그늘에서 쉬며 지상에 '천국'을 구현했다. 왕과 귀족들은 자신들의 권력을 과시하거나 연회를 즐기기 위해 대규모 정원을 만들었다. 신을 기리는 신전의 정원을 꾸미는 일에도 큰 힘을 기울였다. 수천 년에 걸쳐 이루어진 고대 메소포

타미아, 이집트 문명에서 가드너들은 댐을 건설하거나 물길을 내고, 사막에서 모래와 돌을 나르고, 큰 나무를 운반하여 심는 등 아주 힘든 삶을 살았다. 어마어마한 규모의 피라미드 근처에 조성된 숲이나 지구라트* 또는 공중 정원에 관한 기록을 보면 가드너들이 수행했을 노역이 얼마나 혹독했을지 짐작하고도 남는다.

그리스 · 로마 시대

그리스 시대엔 식물학이 체계적으로 발전했다. 기원전 4세기 테오프라스투스Theophrastus의 《식물 탐구Enquiry into Plants》 그리고 기원후 1세기 디오스코리데스Dioscorides의 《약물에 대하여De materia medica》가 대표적인 성과물이다.

집집마다 정원을 만들고 가꾸었던 로마에서는 오늘날과 비슷한 정원 문화가 처음으로 꽃을 피웠다. "정원과 서재가 있다면 필요한 모든 것을 갖추었다"는 로마의 정치가 키케로의 말처럼 로마인들은 열주가 늘어선 회랑에 연못을 갖춘 호젓한 안뜰 정원에서 갖가지 식물을 기르며 자족적인 삶을 살았다.

로마 시대에는 더 정교한 전문 기술을 가진 가드너 그룹

● 지구라트ziggurat: 메소포타미아 곳곳에서 발견되는 고대의 건조물.

● 폼페이 '황금팔찌의 집'에 그려져 있던 프레스코화. 로마 시대 정원을 엿볼 수 있다.

이 제대로 대접을 받으며 활동했다. 특히 토피아리우스Topiarius 라고 불렸던 가드너들은 정원 디자인에 능통하고 가드닝 실무를 책임졌는데, 오늘날 실력 있는 가드너의 원형이라 볼 수 있다. 이들은 회양목 등으로 동물을 비롯한 여러 가지 모양을 만들어 정원을 장식했다. 그래서 오늘날에도 갖가지 모양으로 형상화된 식물을 토피어리topiary라고 한다.

이슬람 제국의 가드너들은 중앙의 분수 연못을 중심으로 네 개의 직사각형 화단이 십자 형태를 이루는 '사분 정원'을

● 무굴 제국을 세운 바부르의 정원

가꾸며 천국의 기쁨을 맛볼 수 있는 공간을 만들었다. 무굴 제국의 창시자인 바부르(Bābur, 1483~1530)처럼, 식물과 자연의 아름다움에 푹 빠진 황제가 직접 가드너로 활약한 경우도 많았다.

중세·르네상스 시대

중세 시대 가드너들은 주로 수도사들이었는데 이들은 허브와 약초, 제단에 사용할 꽃을 경건하게 가꾸었다. 정원에서도 숭고하고 소중한 것을 발견해 냈다.

르네상스 시대 이탈리아에서는 다시 한번 가드너들의 위상이 크게 올라가고 영향력도 커진다. 가드너들은 주로 건축가, 디자이너, 예술가, 수력학 엔지니어, 인문학자였는데 이들은 로마 시대 정원을 부흥시키고 싶어 했다. 로마 시대 정원 조성법에, 새로운 과학 법칙과 원근법을 적용해 자연에 예술을 접목한 장엄한 빌라와 정원을 구현해 냈다.

르네상스를 거치면서 정원은 더욱더 정형화된 구조를 갖추었다. 철저한 계획 아래 정원에 질서를 부여하고 통제하여 자연의 야생성을 지배하고자 한 것이다. 직선, 다양한 문양 화단과 분수, 기하학적 모양의 토피어리가 정원의 주를 이루었다.

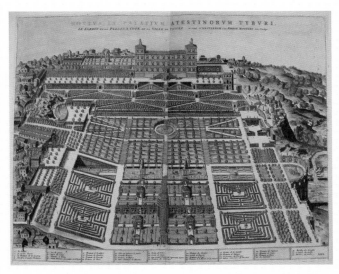

● 르네상스 시대 대표적인 정원 '빌라 데스테'의 조감도

이런 르네상스 양식은 곧 유럽 전역으로 확산됐다. 특히 바로크 시대 왕실 가드너들은 웅장한 규모와 일사불란한 배열, 화려한 장식에 치중하여 자연을 지배, 통제한다는 인상을 주었다. 또한 권력자들은 자신의 권위를 과시하기 위해 서로 더 크고 화려한 정원을 조성하려 경쟁했다. 완벽한 질서와 대칭, 정확한 스케일을 통해 구현된 '문양 화단'은 이 시대 대표적인 정원 형태였다.

● 영국 정원을 대표하는 코티지 정원의 초기 모습을 엿볼 수 있는 그림. Myles Birket Foster(1825~1899), 〈The Cottage〉.

● 빅토리아 시대의 '문양 화단'

빅토리아 시대

17~18세기 유럽에선 유리온실과 오랑주리●가 성행했다. 그 안에선 감귤나무를 비롯해 각종 열대, 아열대식물이 자랐다. 특히 겨울에 향기로운 꽃들이 피어나 바깥 정원이 사라진 계절에 정원의 아름다움을 만끽할 수 있게 했다. 당시 유리온실이나 오랑주리 안의 풍경은 온실처럼 꾸며 놓은 요즘의 대형 카페, 레스토랑 안의 모습과 크게 다르지 않았을 것이다.

19세기 빅토리아 시대 가드너들은 온갖 화려한 초화류로 대규모 문양 화단을 장식했고, 거기에 열대식물과 다육식물

● 오랑주리Orangerie: 겨울 동안 오렌지나무를 비롯한 과일나무를 보호하기 위한 온실.

등 세계 곳곳에서 들여온 식물을 혼합했다. 이 시기 유리온실
이 크게 발전해 다양한 식물을 증식, 재배, 유통하는 산업도 아
울러 발달했다.

하지만 작위적인 정원 조성에 반발하는 움직임이 일어났
고 이런 현상은 19세기 말 미술공예운동으로 이어진다. 이 운
동에 영향을 받은 가드너들은 코티지 정원을 조성했다. 앞서
소개한 그레이트 딕스터 가든이 대표적인 코티지 정원인데,
식물 하나하나의 색깔과 질감을 살리고 다양한 식물을 예술적
으로 혼합하기도 하면서 계절에 따라 꽃들이 자연스럽게 피고
지도록 한 것이다. 코티지 정원은 중세 시대 코티저(Cottager,
작은 오두막에 사는 농민)들의 집에 딸린 텃밭 같은 정원에 뿌리
를 두고 있다. 우리로 치면 전원주택의 소박한 정원을 연상하
면 이해하기 쉬울 것 같다.

20세기 중후반에 정원은 점점 공공의 영역으로 넘어가
개방되었다. 많은 사람이 휴식을 취하면서 즐길 수 있는 공간
으로 변모해 갔다. 이에 가드너들은 크고 작은 공공 정원에서
다양한 커뮤니티와 함께 일하게 되었다.

3장.

모두 웃자!
봄

모두 잘했어요

늦겨울 정원의 풍경은 오랜 추위와 정적 속에 메말라 있다. 겨울 정원엔 아직 꽃 이삭이 달려 있는 그라스 종류와 마른 꼬투리만 남은 식물들만이 바람에 흔들거린다. 가드너들은 겨울 정취를 느끼게 해 주는 이런 풍경을 애정하며 끝까지 지키고자 한다.

2월 말에서 3월 초가 되면 가을에 심어 둔 알뿌리식물들이 땅을 뚫고 잎끝을 내민다. 그제야 가드너는 마른 가지와 잎들을 모두 잘라 버린다. 겨울을 정리해 가는 것이다. 얌체 같지만, 이렇게 해야 봄에 다시 새싹들이 방해받지 않고 순전한 모습으로 올라올 수 있다. 화살나무, 조팝나무 같은 내한성 관목이나 꿩의비름, 원추리 같은 숙근초는 겨울을 나는 데 아무 문제가 없다. 잘 살아남았는지 궁금한 녀석들은 대나무, 장미, 배롱나무처럼 혹한에 약한 식물들이다.

사람처럼 식물들도 상태가 안 좋아지면 빛깔이 변한다. 겨울이 다 가기 전에 장미의 줄기 색깔이 거무스름하게 변하거나 늘 푸르러야 할 대나무 잎이 갈색으로 말라 버리면 문제가 생긴 것이다. 이 때문에 추위에 피해를 입을 것 같은 식물들은 볏짚이나 섬피로 감싸거나 바람막이를 해 준다. 하지만 보호해 줘야 할 식물이 너무 많으면 이런 월동 작업도 만만치 않다.

마지막 서리가 지나가고 땅이 완전히 녹으면 추위를 이겨 낸 식물들은 본격적으로 활동을 시작한다. 사실 이런 식물들의 눈은 겨울에도 뿌리 혹은 줄기 속에 자리 잡은 채 끊임없이 '생각'하며 때를 기다린다. 여기서 '생각'이란 뿌리와 줄기 등 식물체의 각 기관을 통해 얻은 토양 환경, 주변의 빛, 수분, 공기 중 화학물질, 온도에 대한 정보를 끊임없이 분석하는 것을 말한다. 실제로 이른 봄에 꽃을 피우는 벚나무, 매실나무 등은 꽃을 피우기 위해 필요한 최소 온도를 계산한다. 가령 매실나무의 경우 전년도 12월 1일부터 평균기온이 생장 한계온도인 0도를 넘긴 날의 일평균기온을 계속 더한 적산온도積算溫度

가 700도를 넘기면 꽃을 피우기 시작한다.

봄이 다가오면 가드너들이 자주 받는 질문이 있다. "올해는 매화꽃이 언제 필까요?", "올해 벚꽃 축제는 언제쯤 하면 될까요?" 등이다. 그럴 때 적산온도를 계산해 보면 어느 정도 개화기 예측이 가능하다. 단, 그 식물이 자라고 있는 곳의 정확한 온도 데이터를 축적해 놓았어야 한다.

우리나라 중부 지방과 같은 온대 지역에서 자라는 대부분의 식물은 봄이 되면 적산온도에 따라 순차적으로 꽃을 피운다. 이는 사계절이 뚜렷하고 특히 겨울에 '안정적'으로 추위가 지속되다가 봄이 다가올수록 온도가 조금씩 올라가는 온대 기후의 특징이다. 하지만 요즘같이 기후 변화가 심해서 한겨울에 느닷없이 따뜻한 날이 계속되거나 이례적인 한파가 찾아오면 식물들은 정신을 차릴 수가 없다.

원래대로라면 매화, 살구꽃, 개나리, 진달래, 벚꽃 등이 약간의 차이를 두고 순서대로 피어야 한다. 그런데 겨우내 날씨의 교란으로 각 식물들의 계산법이 뒤엉켜 결국 거의 한꺼번에 다 피고 마는 것이다. 심지어 철쭉, 개나리 등은 한겨울에도 꽃망울을 터뜨려 웃픈 장면을 연출하기도 한다. 이 식물들은 추운 날씨가 계속되어 가지 속에서 반쯤 잠든 상태로 꽃눈을 준비하며 봄을 기다리고 있었을 것이다. 그런데 느닷없이 보통 겨울 날씨와 다르게 따뜻한 날이 지속되자 봄이 온 줄 알고 눈을 터뜨리고 만 것이다.

지구의 모든 생명체가 그렇듯이 식물들도 자신이 살아가는 환경에 아주 오랫동안 적응하면서 생애 주기를 만들었다. 하나의 계절 속에 온전히 젖어들어 그 계절에 마땅히 할 일들을 해야 하는 것이다. 그런데 봄에 꽃샘추위 수준이 아닌 한파가 닥치면 새싹들이 큰 피해를 입는다. 추위를 이기고 어렵게 피어난 꽃들도 꽃가루받이를 도와줄 벌들이 없어 열매를 맺지 못한다. 늘 겪던 그 계절의 날씨가 아니라 극단의 날씨가 많아지면 식물들은 이렇게 큰 곤경에 처한다.

이런 상황은 가드너에게도 큰 시련이다. 꽃 전시나 축제를 준비하는 가드너에게 꽃 피는 시기는 매우 중요하다. 몇 달에 걸쳐 유채꽃 축제를 준비했는데 예정된 기간에 꽃이 거의 안 핀 적이 있었다. 남부 지방에서 개발된 품종이어서 개화기를 남부 지방 기준으로 계산한 것을 깜빡한 것이다. 중부 지방에선 1, 2주 정도 더 기다려야 하는 상황이었다. 아무튼 축제 소식을 듣고 찾아온 관람객들에게 너무 미안했다.

꽃들은 결국 피게 되지만 중요한 건 타이밍이다. 단순히 사람들의 볼거리를 제공하기 위해서뿐 아니라 그 시기에 꽃가

루받이를 도와줄 곤충, 새 같은 꽃가루 매개 동물을 위해서도 그렇다. 자연 생태계에서는 꽃들의 순차적인 개화기가 다양한 꽃가루 매개 곤충의 활동 시기와 맞물려 돌아가도록 되어 있기 때문이다. 그런데 꽃들의 개화기가 흔들리면서 생태계 전체가 어수선해지고 있는 것이다.

한편 봄엔 정원의 모든 식물이 겨울을 어떻게 보냈는지에 대한 성적표가 공개된다. 조금 빠르고 느리고의 차이는 있지만 벌써 성급하게 한바탕 꽃잔치를 치른 식물들이 있는가 하면 이제야 막 땅 위로 순을 올리고 천천히 꽃 피울 준비를 하는 식물들도 있다. 분명한 건 이들 모두 추운 계절을 무사히 이겨 냈다는 사실이다. 한동안 아무것도 없던 땅과 마른 가지에서 불쑥 싹이 트고 꽃망울이 터지는 모습은 매년 봐도 경이롭다. 이제 잠시 걱정을 내려놓고 날마다 부쩍부쩍 자라는 풀과 나무들을 응원하며 지켜볼 일이다.

키트가 보내 준 빅토리아수련 씨앗

미국에서 귀한 우편물이 도착했다. 플로리다주에서 농장을 운영하는 빅토리아수련의 대가 키트 노츠Kit Knotts가 보내 온 빅토리아수련 씨앗이다. 소식을 듣고 사무실 직원들도 구경하려고 모여들었다.

키트를 알게 된 건 식물원에서 빅토리아수련을 키워 보려고 혼자 이것저것 알아보다 우연히 그가 운영하는 웹사이트 '빅토리아 어드벤처'를 발견하면서였다. 그 웹사이트에는 빅토리아 아마조니카V. amazonica, 빅토리아 크루지아나V. cruziana, 빅토리아 '롱우드 하이브리드'V. 'Longwood Hybrid', 빅토리아 '어드벤처'V. 'Adventure' 등 빅토리아수련 종류에 대한 거의 모든 것이 자세히 소개되어 있었다.

아마조니카와 크루지아나는 각각 남미 열대 지역인 가이아나와 볼리비아에서 자생하는 빅토리아수련의 원종들이다. 이들 사이에서 탄생한 롱우드 하이브리드는 엄마가 크루지아나, 아빠는 아마조니카이고, 어드벤처는 반대로 엄마가 아마조니카, 아빠가 크루지아나이다(여기서 아빠는 꽃가루를 제공하는 꽃을 말하고, 엄마는 꽃가루를 받아 수정되는 꽃을 말한다).

키트는 일 년에 한 번 웹사이트에서 신청을 받아 2, 3월에 씨앗을 분양해 주었는데, 반신반의하면서 신청서를 보냈다. 놀랍게도 답장이 왔고, 몇 주 후 씨앗이 담긴 우편물이 도착한 것이다. 나는 빅토리아수련 4종류를 신청했다. 씨앗들 상태는 아주 좋았다. 분양 내역서에는 종류별로 구분할 수 있게 롯lot 번호까지 적혀 있었다. 가시연꽃 씨앗 5개도 모두 아주 좋은 상태로 도착했다. 얼마나 철저하게 씨앗들을 관리하는지 알 수 있었다.

식물도 저마다 '족보'를 가지고 있다. 가드너들은 그 식물이 어디에서 났고 어떤 특징을 갖고 있는지 등 그 식물에 관한 모든 정보를 잘 유지, 관리했다가 다른 가드너에게 식물을 보낼 때 그 내용도 함께 전해 준다. 16세기 말부터 전 세계 정원

간 종자 교환 프로그램으로 시작된 인덱스 세미넘Index Seminum
은 그런 의미에서 아주 의미 있는 프로젝트다.

빅토리아수련과 가시연꽃은 모두 물속에서 자라는 수생
식물이어서 씨앗들은 종류별로 물이 담긴 작은 지퍼백 안에
담겨 있었고, 지퍼백에는 수기로 쓴 학명이 적혀 있었다. 그런
데 겨울에는 빅토리아수련 씨앗이 배송 중에 동해를 입을 수
도 있어서 기온이 어느 정도 올라간 3월 말경이 되어서야 배
송된 것이다.

씨앗이 안전하게 온 것까지는 좋았는데, 문제는 발아시
키고 잎을 충분히 키울 기간이 너무 짧다는 점이었다. 제대로
키울 수 있을지 걱정이 컸다. 원래 1월부터는 발아를 시켜야
여름에 아주 거대하고 튼실한 빅토리아수련을 선보일 수 있는
데 이미 많이 늦어졌기 때문이다.

하지만 앞뒤를 잴 상황은 아니었다. 일단 그저 씨앗들이
모두 잘 발아되길 바랄 뿐이었다. 마음이 급해진 나는 부랴부
랴 발아 작업에 착수했다. 씨앗들은 일단 16도로 유지되는 온
장고에 넣었다. 그래야 발아되지 않고 안정적으로 보관할 수
있다. 이 역시 키트가 알려 준 것이다.

그다음 본격적으로 발아를 위한 전처리 작업에 착수했

다. 수조를 세팅하고, 씨앗의 싹이 나올 부분에 있는 아주 미세한 덮개를 조심스럽게 따 주는 니킹nicking 작업을 한 후 씨앗을 수온 29도가 유지되는 발아 수조에 담가 두었다. 보통 1, 2주 후면 싹이 나온다. 잎이 두 장 정도 나오면 작은 화분에 심어 관리하기 시작한다. 어느 시점에 이르면 빅토리아수련은 무서운 속도로 자라기 시작하는데 그 크기에 맞추어 서너 차례 분갈이를 해 준다. 하지만 쑥쑥 자라다가도 일부는 어떤 이유에서인지 쇠약해지다가 죽고 만다. 씨앗이 얼마나 건강한지, 필요한 것을 제때 잘해 주었는지가 생존을 결정한다.

나는 일주일에 한 번씩 수조를 깨끗이 청소하고, 항상 적정 온도가 유지되도록 많은 신경을 썼다. 그런데도 일부 발아 묘들이 잘 자라지 못하면 속상했다. 수조 청소와 분갈이 작업 모두 아주 번거롭고 힘든 일이어서 더 그랬다. 다른 일을 하느라 잠깐 신경을 덜 쓰면 수조는 엉망이 되곤 했다.

우여곡절 끝에 마침내 5월 말경, 연못의 수온이 어느 정도 올라갔을 때 재배온실에서 성공적으로 자란 빅토리아수련을 지름 80, 높이 40센티미터 되는 화분에 심어 연못에 배치했다. 이때부터 2주에 한 번씩 화분의 흙에 거름을 넣어 주자, 수련은 여름 내내 무럭무럭 잎을 키우며 파인애플 향이 나는 꽃을 피웠다. 안타깝게도 크루지아나는 재배가 잘되지 않아

전시를 못했다. 빅토리아수련 중 가장 관상 가치가 높은 것이어서 더 아쉬웠다.

　다행히 국내에서 빅토리아수련을 놓고 씨름하는 사람이 나 혼자는 아니었다. '수련과 연꽃'(지금은 '제이의 수생정원')이라는 농장을 운영하며 다양한 수생식물을 재배, 육종●하는 분을 알게 되었다. 그분에게 크루지아나를 줄 수 있는지 요청했더

● 육종育種 새로운 품종을 만들거나 기존 품종을 개량하는 것.

니, 얼마 뒤 커다란 박스에 담아 식물원으로 직접 오셨다. 까까머리에 청바지, 헐렁한 남방을 입고 오신 그분은 꽤 인상적이면서도 무척 젠틀했다.

박스를 여는 순간, 아주 짜릿했다. 돌돌 말린 신문지를 벗겨 내니 하나하나의 잎이 모습을 드러냈다. 지름이 40~50센티미터 되는 잎들은 깨끗한 상태였다. 제주도까지 비행기를 타고 오느라 몇 시간 동안 물 밖에 있었으니 바로 수조에 넣었다. 커다란 잎들이 수면 위로 둥둥 뜨면서 자리를 잡았다. 말은 못하지만 새로운 보금자리를 마음에 들어 하는 것 같았다.

그는 빅토리아수련에 대해 많이 알고 있었다. 나는 키트 노츠에게서 배운 내용을 놓고 그와 아주 즐겁게 얘기를 나누었다. 이후에도 그는 다른 열대 수련을 키울 때 많은 도움을 주었다. 이것이 인연이 되어 지금까지도 이따금씩 안부를 묻는 친구 사이가 되었다. 식물을 매개로 친구가 되면 좋은 점이 참 많다. 공통의 관심사인 식물에 관해 얘기 나누는 것만으로도 마음이 충만해진다. 무엇보다 식물에 미친 사람이 나 혼자만이 아니란 사실을 확인할 수 있어 외롭지 않다.

야생과 정원의 차이

'정원'은 자연에서 왔다. 인간이 자연의 일부에 울타리를 치고 땅을 일구어 원하는 식물을 재배하면서 만든 것이다. 그러므로 인간은 늘 자연에서 정원에 관한 영감과 재료를 얻는다. 식물이 자연 서식지에서 어떻게 자라는지 보고 배우면 정원을 더 자연스럽고 아름답게 만들 수 있다. 식물뿐 아니라 물과 돌, 언덕과 협곡, 초원과 습지 등 식물과 어우러져 경관을 이루는 요소들을 눈여겨보는 것이 중요한 이유다.

가끔 '영감'을 받기 위해 동료 가드너들과 함께 자연을 찾는다. 들판과 숲, 물가와 계곡을 찾아가면 식물원 정원과는 다른 세상이 펼쳐진다. 생물학을 전공한 선배 가드너는 곳곳의 지형과 식생을 잘 알고 있었다. 그를 따라 사람들의 발길이 잘 닿지 않는 '숨겨진 자연'을 찾아다녔다. 대학 시절에는 산속에서 야영을 하며 한 달씩 식생 조사를 다녔다는 선배 말에 무슨 전설이라도 듣는 기분이었다. 기억력이 어찌나 좋은지 길이 나 있지 않은 숲속 지리도 잘 알고 있고 어디에 어떤 식물 군락이 자라고 있는지도 빠삭했다. 식물에 진심인 또 다른 선배 가드너는 숲에 가면 풀 한 포기까지 세심하게 관심을 갖고 들여다본다. 각 식물의 이름이며 자라는 습성, 꽃과 열매의 특징과 효능까지도 줄줄 꿴다.

이 선배들처럼 식물들을 '친구'라고 여기고 하나씩 알아가면 될 일이다. 자주 만나 인사를 건네고 대화를 나누다 보면 다음에 만났을 때 더 잘 기억할 수 있다. 곳곳에 흩어져 살고 있는 식물 '친구들'을 주기적으로 만나러 가는 길은 늘 설렌다. 그중 조용한 숲속에서 만난 홍지네고사리, 가는쇠고사리, 큰봉의꼬리 같은 양치식물 군락은 지금도 잊히지 않는다. 그곳엔 주변보다 더 밝은 빛이 스며들어 있었는데, 점점이 흩어져 잎을 펼치고 있는 양치식물들이 너무나 우아했다. 이런 풍경에서 가드너들은 영감을 받는다. 이를테면 정원의 큰 나무들 밑에 이끼가 자라게 하고 크고 작은 돌들 사이사이에 양치식물을 식재할 발상을 얻는 식이다.

확 트인 초원에서 군락을 이루며 자라는 다양한 관목과 풀들을 볼 때도 가드너들은 영감을 얻는다. 정원의 드넓은 부지를 채우는 아이디어로 손색이 없기 때문이다. 바닷가를 거닐면 돌 틈에서 해국과 갯메꽃, 인동과 송악, 갯달맞이꽃 등이 보인다. 거센 바닷바람과 물보라에도 끄떡없이 잘 살아간다. 식물들이 우리가 생각했던 것보다 훨씬 더 강인함을 보여 주는 풍경이다. 사실 야생화의 아름다움은 이런 생명력이 드러날 때 빛을 발한다. 거꾸로 말하면 정원에서 야생화의 매력을 제대로 보여 주려면 자연과 유사한 환경을 만들어 줄 필요가 있다.

하지만 그렇다고 해서 모든 정원이 반드시 자연에 가깝도록 만들어져야만 하는 건 아니다. 그렇게 한다면 그것은 자연 생태 복원의 일환이지, 정원의 원래 목적인 인간 생활을 즐겁고 윤택하게 하는 것과는 다소 거리가 먼 시도일 것이다. 정원은 철저히 그 정원의 소유주나 가드너의 취향에 따라 구현된다. 그러므로 정원 비판은 조심해야 한다. 다른 사람의 기호에 대해 함부로 왈가왈부하는 것과 같기 때문이다.

● 영감의 원천은 언제나 '자연'

다행히 자연 본연의 느낌을 살리면서 각자의 취향도 반영한 정원을 만드는 방법이 있다. 자연을 자세히 관찰하면 공통된 디자인 패턴과 유형들을 발견할 수 있다. 미국의 조경가 게리 스미스Gary Smith는 자신의 책《예술에서 조경으로: 정원 디자인에 창조성을 불어넣다From Art to Landscape: Unleashing Creativity in Garden Design》에서 우리에게 영감을 주는 가장 익숙한 패턴들을 소개했다. 흐르는 물줄기가 연상시키는 구불구불함, 고사리 새순처럼 말려 있는 나선형, 물결이 만들어 내는 일렁이는 모양, 땅에 흩뿌려진 콩알들이 만들어 내는 패턴, 중심 줄기에서 잔가지들이 계속 뻗어 나오는 모습, 거북의 등딱지 같은 모자이크 패턴, 얼음에 금이 갈 때 생기는 형상, 나무껍질이 갈라져 벗겨지는 모습 등이다. 이런 자연의 패턴을 정원의 건축물과 조형물, 바닥 포장과 식재 디자인 등에 적용하면 자연스러우면서도 예술적인 정원을 만들 수 있다.

'단순한 것이 가장 아름답다Simple Is The Best'는 말을 가장 잘 표현할 수 있는 방법이 바로 자연의 패턴을 이용하는 것이다. 가드너들이 여행을 좋아하는 이유는 자연에 흥미로운 식물들이 지천으로 깔려 있어서이기도 하지만, 정원을 디자인할 때 영감을 얻기 위해서이기도 하다. 자연에서 무수한 패턴과 질감 등을 '발견'하고 이런 요소들이 서로 어떻게 연결되고 조화를 이루는지 배울 수 있기 때문이다.

우리가 만들 수 있는 정원의 형태는 무궁무진하다. 딱히 정해진 것은 없다. 어떤 스타일이 유행하다 곧 다른 스타일이 등장할 수 있고, 과거에 유행한 스타일이 다시 부흥할 수도 있는 것이다. 하지만 변하지 않는 것도 있는데, 궁극적으로 정원에 생명력을 부여하는 것은 보이지 않는 신의 손길인 '자연'이란 사실이다. 가드너는 식물들이 신에게서 부여받은 자생력을 기반으로 더 아름답게 조화를 이루도록 아이디어와 디자인을 가미할 뿐이다. 하지만 식물에 대해 알아 갈수록 식물을 다루는 일이 결코 만만치 않다는 것을 느낀다. 가드너는 기본적으로 정원에 존재하는 야생성과 씨름하면서 끊임없이 자연과 타협하고 자연을 길들이는 작업을 해야 한다. 그렇게 하지 않으면 정원은 자꾸만 야생으로 다시 돌아가려 하기 때문이다.

화분은 식물의 집

정원에서는 일 년 내내 여러 전시회를 여는데 꼭 정원에서 직접 재배한 식물들로만 진행하는 건 아니다. 다른 기관에서 미술 작품을 대여해 와 전시하듯이 식물도 그런 경우가 있다.

언젠가 화분에 온갖 진귀한 식물을 키우는 분의 집을 방문한 적이 있다. 그분의 식물들을 대여하기 위해서였다. 과연 소문대로였다. 바깥마당엔 햇빛을 좋아하는 식물들이, 차광막을 친 비닐하우스엔 그늘지고 습한 곳에서 자라는 양치식물이 그득했다. 식물이 원래 살던 야생의 보금자리와 딱 어울리는 돌, 나무 등으로 만든 화분을 보고 특히 놀랐다. 식물에 대한 애정이 깊지 않고서는 나올 수 없는 생각이었다.

나는 많은 식물 가운데 곧 꽃이 필 예정이거나 잎 상태가 좋은 화분 일부를 대여해서 식물원 온실 입구홀에서 작은 전시회를 열 계획이었다. 기암괴석같이 솟아 있는 돌에 붙은 풍란 종류, 납작한 현무암에 식재된 돌단풍, 널따란 옹기에 잎을 꽉 채우고 잎 사이사이에 앙증맞은 꽃을 피우고 있는 앵초와 큰앵초, 은방울꽃들 그리고 야생의 고운 자태를 뽐내며 꽃 피울 준비를 하고 있는 두루미꽃과 지네발붓꽃 등이 눈에 들어왔다.

주인이 애지중지 키우는 식물들인 만큼 전시 후 훼손되거나 고사되는 일 없이 돌려주는 것이 중요했다. 다행인 점은 각 식물이 화분에서 자라고 있어 전시장으로 쉽게 옮길 수 있다는 것이었다. 식물들은 달라진 주변 환경에 잠시 당황하긴 하겠지만 일주일 남짓 되는 전시 기간 동안 물과 온도 등을 잘 맞추어 주면 그럭저럭 버틸 수 있으리라. 다행히 별 문제 없이 전시는 진행되었고, 식물들도 무사히 집으로 돌아갔다.

화분은 식물의 생을 지탱해 주는 모든 것이라 해도 과언이 아니다. 특히 야생에서 자라길 좋아하는 식물일수록 화분의 영향을 크게 받는다. 원래 식물들은 야생의 치열한 경쟁 속에서 자신만의 니치(niche, 생태적 지위)를 찾아 살아가는 만큼 화분은 그 고유한 생태계를 온전히 담는 그릇이 되기 때문이다. 화분은 뿌리의 집이자, 수분과 양분을 제공하는 원천, 그리고 다른 곳으로 옮겨 갈 기회를 주는 이동 수단이기도 하다. 때로는 새로 태어난 개체가 자라는 탁아소, 아주 큰 나무가 자라는 거대한 저택이 되기도 한다. 정지해 있는 것처럼 보이는 식물들을 타임 랩스로 찍어 보면 정도의 차이는 있겠지만 끊임없이 움직이는 것을 확인할 수 있다. 활력이 넘치는 식물들일수록 많이 움직이고, 근근이 살아가거나 원래 아주 느리게 자라는 식물들은 움직임이 덜할 것이다.

중요한 건 화분 속 뿌리의 컨디션이다. 흙이 좋아서 새로운 뿌리털이 잘 자라나는 식물은 잎도 잘 나고 꽃도 잘 피우고 열매도 잘 맺는다. 좋은 흙에는 적절한 수분과 양분, 신선한 공기가 들어 있고, 여러 종류의 유익한 미생물이 살고 있다. 우리 몸속 유산균처럼 이 미생물들이 흙의 질을 바꾸어 줌으로써 뿌리털이 건강하게 활동하며 수분과 양분을 흡수할 수 있게 도와준다.

땅속이 아닌 화분이라는 제한된 공간에 담긴 흙은 식물의 뿌리가 좋아하는 완벽한 조건을 오랫동안 유지하기가 어렵다. 미네랄을 비롯한 양분이 고갈되기 쉽고, 물을 너무 많이 줘 과습한 상태가 지속되면 공기가 통하지 않아 혐기성 미생물을

● 흙이 좋아야 뿌리가 튼실해진다.

번성시켜 뿌리를 썩게 할 수 있다. 이렇게 되면 화분 속 생태계는 각종 병해충의 온상이 될 수 있다.

그러므로 분갈이는 가드너의 일상이다. 식물 종류에 따라 화분도 달라지고 흙도 달라진다. 가령 통기성과 배수성이 중요한 대부분의 식물은 물이 잘 빠지는 토분 종류를 사용하고, 펄라이트나 마사토같이 배수가 잘되는 토양 재료를 많이 섞어 쓴다. 좀 더 수분기를 좋아하는 식물이라면 고운 흙을 주로 쓰되 마사토나 모래 등을 약간 섞어 쓰면 좋다.

흙은 식물에 맞게 아주 다양하게 배합해 쓸 수 있다. 가드너는 마치 한약방에 가면 수많은 종류의 약재가 체계적으로 정리되어 있는 것처럼 분갈이를 위해 다양한 종류의 흙과 비료를 일목요연하게 비축해 두었다가 그때그때 골고루 섞어 쓴다. 화분 속에 뿌리가 꽉 차 더는 뿌리를 뻗지 못하는 식물들, 토양 환경이 좋지 않아 자라지 못하는 식물들, 여러 포기로 나눈 뿌리를 좋은 흙이 담긴 화분에 옮겨 심은 뒤 다시 잘 자라는 모습을 볼 때면 뿌듯하다. 시의적절한 치료와 처방으로 환자를 살린 의사나 약사라도 된 기분이다.

꽃시장 순례

계절이 바뀔 때마다 꽃시장을 찾는다. 어떤 새로운 식물들이 유통되고 있는지 보면서 전시에 쓸 식물들을 알아보기 위해서다. 꽃시장에 가면 온갖 식물이 내뿜는 향기와 기운에 오감이 절로 열린다. 꽃시장은 가드너에게 마치 전 세계 요리를 맛볼 수 있는 뷔페 혹은 섹션별로 읽고 싶은 책들이 가득한 서점 같다.

가장 눈길을 사로잡는 건 아무래도 화려한 꽃들이다. 농가에서 직접 씨앗을 뿌려 길렀거나 종묘회사에서 플러그 묘를 납품받아 재배한 것들인데, 이런 꽃들은 대개 정원에 옮겨 심을 목적으로 길러진다.

관엽류, 난초류, 선인장, 다육식물처럼 화분에 기르기에 적합한 식물들도 시장의 한 축을 이룬다. 분화盆花류로 분류되는 이 식물들은 땅에 심기보다 계속 화분에서 키우며 감상하는 데 목적을 둔다. 물론 초화류도 땅에 심지 않고 화분에서 계속 기른다면 분화로 즐길 수 있다. 분화류는 씨앗으로 번식하는 종류도 있지만 보유하고 있는 식물의 줄기나 뿌리 일부를 꺾꽂이로 증식해 매년 시장에 내놓는 경우가 많다. 로열티가 있는 고급 신품종들의 꺾꽂이 재료를 수입해서 재배한 분화류는 가격이 꽤 비싸다. 꽃꽂이나 꽃다발용으로 판매하는 장미, 국화, 백합, 카네이션 같은 꽃들은 절화류라 하는데 이 꽃들도 대부분 수입된다.

꽃시장에서 신선하고 청량한 분위기를 내주는 것은 야자와 고무나무, 알로카시아, 드라세나 같은 관엽류다. 잎이 커다랗고 풍성한 초록 화분들이 실내 공간을 숲처럼 만들어 준다.

꽃시장의 야외 공간에는 햇빛을 좋아하는 과실수와 관상수가 자란다. 철쭉·라일락·동백나무·배롱나무 같은 화목류, 여러 로키향나무나 서양측백나무 품종을 비롯한 침엽수, 야생화와 허브류, 그리고 시원스럽게 하늘거리는 그라스류가 자리하고 있다.

꽃시장을 둘러보는 팁이 있다면, 어떤 꽃이 눈에 띄었을

● 양재동 꽃시장

때 다급하게 사지 말라는 것이다. 눈에 띈 꽃은 다른 곳에도 있을 가능성이 매우 높기 때문에, 먼저 전체를 한번 다 본 뒤에 가장 좋은 꽃을 골라도 늦지 않다. 물론 다른 데서 구하기 힘들 것 같은 희귀한 꽃이면서 내 맘에 쏙 드는 식물이 있다면 바로 구입해야겠지만 말이다. 단골 매장이냐 혹은 흥정을 얼마나 잘하느냐에 따라 꽃 값은 조금 달라질 수 있겠지만, 사실 가격은 이미 어느 정도 정해져 있다고 봐야 한다. 그러므로 중요한 건 가장 상태가 좋은 식물을 고르는 일이다. 한편, 찜해 둔 매장이 잘 기억나지 않을 수 있으니 매장 이름이나 번호를 적어 두거나 매장 간판을 사진으로 찍어 둘 필요가 있다.

꽃시장에 자주 들르다 보니 맛집 같은 단골집도 생긴다. 생경하면서 예쁜 식물을 보면 본능적으로 홀려 그 집에 들어간다. 그 식물의 이름과 특성, 잘 자라는 환경 등에 관해 사장님에게 묻다 보면 자연스레 친해진다. 한두 종류씩 구입하다 보면 어느새 단골 가게가 되고, 나중엔 내가 원하는 식물을 구해 주거나 그것이 없는 경우 다른 대체 식물을 알려 주는 관계로도 발전한다. 어느 순간 이분들은 단순한 거래처가 아닌, 내가 진행하는 정원 프로젝트의 중요하면서도 고마운 파트너가 된다.

그런데 꽃시장에 나온 식물은 대부분 동네 꽃가게, 가정

집 등을 타깃으로 한 것이라 가드너들의 갈증을 다 채워 주긴 어렵다. 그래서 따로 특정 식물을 재배하는 농장을 찾는 날도 많다. 매년 순례하듯 좋아하는 단골 농장들을 찾는다. 수백 종의 탐나는 꽃이 크고 작은 덩굴 지지대를 타고 올라가는 클레마티스 농장, 늘 새로운 향기를 지닌 이색 품종들로 채워지는 허브 농장, 네모난 수조마다 연꽃이 환하게 웃고 있는 수련 농장이 그런 곳이다.

새순 시절

　주체 못할 만큼 여기저기에서 싹들이 올라오면 설레는 마음도 주체하기 어렵다. 감사한 마음도 그에 비례한다. 싹들을 가만 보면, 한잠 푹 자고 일어나 기지개를 켜는 아기 같고 누군가에게 시들었던 애정이 다시 몽글몽글 피어나는 마음 같기도 하다. 이제, 행여나 죽지 않았을까 하는 의심과 걱정은 눈 녹듯이 사라지고, 어떤 녀석은 뿌리를 좀 나누어 심어 줘야 하지 않을까 하는 또 다른 고민이 시작된다. 가드너는 이래도 걱정, 저래도 걱정이다.

　당연한 말이지만, 싹이 나는 시기와 싹의 모양은 식물마다 다르다. 대부분 사람은 꽃을 피우고 열매를 맺을 때의 식물

모습을 더 기억할 테지만 가드너인 나는 막 땅을 뚫고 올라온 새싹을 볼 때 심쿵한다. 회오리치듯 말린 뾰족하면서도 굵은 잎을 내미는 튤립, 아이스크림 막대처럼 둥그스름하고 얇은 기다란 잎들을 귀엽게 올리는 수선화, 소중한 무언가를 보호하려는 듯 세 장의 두툼한 잎이 삼각편대를 이루며 솟아오르는 히아신스 등의 알뿌리식물 싹들이 특히 애정의 대상이다.

봄기운이 무르익으면 본격적으로 한 해 동안 정원의 볼륨감을 책임질 녀석들이 싹을 내민다. 작약이 먼저 눈에 띈다. 손가락을 오므린 듯한 보라색 싹은 마치 포항 호미곶 바닷가에 있는 '상생의 손' 조형물 같다. 새순은 너무 연약해서 혹시 누가 밟거나 동물이 뜯어먹지나 않을까 싶어 걱정이 된다. 붉기로 따지면 호장근도 만만치 않다. "나 건드리지 마!" 하고 엄포라도 놓는 듯하다. 옥잠화 종류는 무리지어 싹이 올라오는데 그 기세가 대단하다. 귀하디귀한 피뿌리풀의 물방울 맺힌 잎들, 우산나물의 솜털 덮인 우산 모양의 새순들도 눈에 띈다. 이 와중에 성급한 머위는 벌써부터 꽃대를 올리고 있다.

새순들을 보고 있으면 자연의 생명력이 고스란히 내게도 전해진다. 작년에 정원에서 얼마나 많은 땀을 흘렸는지는 까맣게 잊은 채 다시 바빠질 정원 일에 들뜨기 시작하는 것이다. 마치 한동안 만나지 못했는데도 만나면 언제 그랬냐 싶게 친

● 튤립

● 수선화

● 히아신스

● 작약

구와 또 한바탕 수다를 떨며 노는 격이다. 정원의 식물들은 이렇게 만나고 또 만나도 질리지 않는다.

정원이라는 자연

지구는 오랜 시간에 걸쳐 거대한 꽃밭으로 변모해 왔다. 꽃은 지구의 생명을 지속시키는 중요한 동력 중 하나다. 물론 꽃은 인간에게 잘 보이기 위해 피어나는 것은 아니다. 딱정벌레·풍뎅이·벌·나비 같은 곤충과 각종 새와 박쥐·도마뱀 등 꽃가루받이를 도와줄 매개자를 유혹하기 위해 식물은 다양한 전략을 구사해 왔다. 이 매개자들 중에서 가장 열일하는 일꾼은 뭐니 뭐니 해도 벌이다. 무수한 꽃이 벌들에게 꿀과 꽃가루를 제공하고, 벌들은 그 꽃들을 수정시켜 다음 세대를 이어 가게 한다. 벌은 꽃이 없으면 살아갈 수 없고, 꽃 역시 벌이 없으면 생존할 수 없다.

이른 봄, 튤립과 무스카리 같은 꽃들이 피어나면 어디선가 벌들이 나타난다. 겨우내 벌집 안에서 여왕벌을 보호하며 자신들의 체온으로 똘똘 뭉쳐 있던 벌들은 봄기운을 느끼면 정찰 벌을 하나둘 내보내 꽃을 찾아낸다. 회양목의 아주 작은 꽃들에도 벌들이 들끓는 이유다.

정원에서는 가드너도 벌과 같은 존재다. 가드너는 꽃이 없으면 정원 일을 할 수 없고, 정원의 꽃들도 가드너 없이는 제대로 피어날 수 없다. 벌은 꽃가루만 옮겨 주지만 가드너는 꽃을 위해 벌보다 훨씬 더 많은 일을 한다. 흙이 마르지 않게 물을 주고, 바람에 꽃대가 쓰러지지 않게 지주를 세워 주며, 때때로 거름을 주고, 병해충도 없앤다. 가드너는 매일 노심초사하면서 식물들을 살핀다.

그런데 식물들이 들으면 섭섭하겠지만, 가드너는 식물들을 '차별'한다. 볼품없는 꽃들은 등한시하고 어떤 꽃들엔 많은 관심을 쏟아붓는다. 심지어 가드너는 꽃이 더 많이 피게 하려고 진 꽃들을 부지런히 따 준다. 그러면 열매를 맺는 데 쓰일 에너지가 새 꽃을 피우는 데 사용된다. 이러한 적화摘花 작업은 가드너의 중요한 일 중 하나다. 아침 일찍 정원에 물을 주고 나면 꽃가위와 버킷을 들고 다니면서 시든 꽃을 모두 깔끔하게 정리해 준다.

많은 정원 조성가가 자연과 인간의 공생을 이야기하지만, 앞서 말했듯이 정원은 인간의 즐거움을 위해 만들어진 인위적인 공간이다. 정원 식물들 역시 그 목적에 걸맞게 개량되어 왔다. 이를테면 더 오래 지속되는 아름다운 꽃과 잎, 더 크고 맛있는 열매, 그리고 겨울에도 매력적인 줄기를 감상할 수 있게 되었다.

하지만 이런 정원 식물들도 야생의 식물들과 마찬가지로 향기와 꿀, 꽃가루로 벌과 나비들을 유혹한다. 그 덕분에 벌과 나비들도 먹고산다. 이러한 공생은 지구 생태계가 안정적으로 돌아가는 데 크게 기여한다. 세계의 마을 곳곳마다 사계절 꽃이 만발하는 정원이 있다면, 그래서 지구가 거대한 꽃밭을 유지할 수 있다면 지금처럼 기후 변화 문제로 전 세계가 골머리를 앓는 일은 줄어들지 않을까. 사실 정원을 가꾸며 문명도 시작됐으니 정원을 가꾸며 사는 것은 우리가 잃어버린 삶의 방식을 복원하는 과정일 것이다.

가드너의 일

　정원에서 비탈진 곳에 흙이 노출되어 있는 것을 보면 그냥 지나치지 못한다. 뭐라도 심어 놓고 싶다. 이런 '강박'은 나뿐 아니라 가드너라면 다 갖고 있는 습성 아닐까 싶다. 오죽하면 "게릴라 가드닝"이라는 말이 생겼을까. 방치된 땅이 있으면 참지 못하고 식물을 심어야 직성이 풀리는 가드너들의 '본능'을 잘 표현한 것 같다.

　인기 있는 정원은 많은 사람이 방문하는지라 자의든 타의든 빈 땅이 그리 오래 방치되지는 않는다. 아직 초봄이고 그렇게 급하게 효과를 보지 않아도 된다면 꽃씨를 뿌리는 편이 나을 수 있다. 예를 들어 금계국, 수레국화, 꽃양귀비, 안개초 등의 씨앗들을 뿌려 놓고 물을 주면 금세 싹이 나 빈 땅을 덮고 두 달쯤 지나면 꽃을 볼 수 있다. 가을 전시 시기에 맞추어 메밀이나 코스모스 씨앗을 뿌리면 9, 10월에 또 한 차례 꽃을 볼 수 있다.

꽃은 아니지만 동글동글한 초록 잎들로 늦가을까지 풍성하게 지면을 덮어 주는 식물도 있다. 어린 시절 시골집 마당이나 길가 어딘가에서 항상 복스럽게 자라던 댑싸리 종류다. 늦가을엔 빗자루로 만들어 쓰기도 했던 그 식물이다.

보통의 댑싸리는 길쭉하게 자라는 반면, 꽃댑싸리는 수형이 동그랗고 빨갛게 물든다. 꽃댑싸리는 늦가을에 씨가 떨어지면 이듬해 절로 싹이 터 자란다. 커 가는 모습을 살펴보다가 아주 건강한 몇몇 개체만 남기고 나머지 것은 모두 솎아 준다. 많은 수의 꽃댑싸리를 체계적으로 화단에 심으려면 빈 땅에 직접 파종하는 것보다 모종을 어느 정도 키워서 옮겨 심는 게 좋다.

꽃댑싸리는 4월 말에서 5월 초쯤 파종을 하면 금세 싹을 틔워 6월 중순 이후엔 4인치 포트에서 제법 동그란 모양으로 자란다. 6월 말쯤 원하는 곳에 심어 두면 늦가을까지 아름다운 꽃댑싸리 정원을 즐길 수 있다. 특히 비탈진 구릉에 꽃댑싸리를 심거나 배수가 잘되는 곳에 재배하면 빈 땅을 초록색으

● 꽃댑싸리

로 덮기에 그만이다. 햇빛과 바람이 많을수록 더 동그래지며 가을엔 선홍빛 단풍도 잘 든다.

한번은 7천 평이 넘는 정원을 수만 개의 꽃댑싸리 화분으로 가득 채운 적이 있었다. 4월부터 9월까지 6개월간 재배하우스에서 많은 가드너가 그야말로 매일 정성을 다해 키운 것들이었다. 꽃댑싸리는 가을철 색다른 정원을 선보이기 위한 계획이었는데, 결과는 대성공이었다. 빨갛게 물든 꽃댑싸리들이 광활하게 펼쳐지자 황홀한 경관이 연출되었다. 이후 꽃댑싸리는 전국적으로 대규모 꽃축제에 쓰이는 정원 식물로 유행했다.

해마다 특별한 색깔과 디자인 패션이 유행하듯이 빈 땅을 덮는 정원 식물도 유행을 탄다. 정원에 심을 수 있는 식물은 무궁무진하고 아직 발굴되지 않은 식물도 많다. 그 많은 것 중 어떤 식물을 골라 어떤 특별한 풍경을 연출할지는 전적으로 가드너의 안목과 기술에 달려 있다.

덩굴장미 터널

식물원의 정원들은 시시각각 변하고, 그 정원을 만들고 가꾸는 가드너도 바뀐다. 가드너에 따라 정원의 모습은 아주 달라질 수 있다. 시간이 지나면서 더 근사하게 무르익는 정원이 있는가 하면 어떤 정원은 퇴색한다.

누군가 만들어 놓은 정원을 관리하다 보면 생각이 많아진다. 바둑의 수를 읽듯, 정원에서 계절에 따라 변화하는 식물들의 조화를 지켜본다. 어떤 계절엔 아름답지만 그 계절이 지나면 볼품없이 변해 가는 정원이 있는가 하면, 아주 드물긴 하지만 사계절 내내 흥미로운 정원도 있다. 또한 땅이 아깝다고 느껴질 만큼 볼거리가 없는 정원도 있다.

정원을 디자인할 때는 식물들이 계절에 따라 변해 가는 모습을 상상할 수 있어야 한다. 한 계절만 보기 좋았다는 것은 가드너의 상상력이 그 계절을 넘지 못했다는 의미고, 사계절 내내 보기 좋았다는 것은 그만큼 실력 있는 가드너의 작품이라는 의미다.

볼 때마다 늘 아쉬운 공간이 있었다. 정원과 정원 사이를 연결하는 여러 개의 아치로 된 터널 길이었다. 아치 위로는 보리밥나무가 무성하게 자라고 있어 터널 안쪽은 짙게 그늘이 드리워져 있었다. 잎들이 너무 치밀해서 바람도 잘 통하지 않았다. 더욱이 보리밥나무는 상록수여서 사계절 내내 같은 느낌이었다. 아치 터널 주변 나무들마저 비슷한 느낌의 상록수니 그 구역 풍경은 전반적으로 매우 단조로웠다.

어느 날 문득 이런 생각이 들었다. 보리밥나무 잎이 아니라 꽃들이라면? 터널로 들어선 순간 산들바람과 향기를 만끽할 수 있다면? 화사하게 바뀐 꽃 터널을 사람들이 유유자적 걷는 모습을 상상하니 배시시 웃음이 났다.

먼저 보리밥나무를 걷어 내기 시작했다. 오래된 나무여서 이 작업만 해도 쉽지 않았다. 전기톱으로 밑동을 잘라 내고, 전정가위(가지치기할 때 쓰는 가위)로 가지들을 쳐 냈다. 그런데 작업하다 보니 보리밥나무 가지들 사이에서 좀 다르게 생긴

● 보리밥나무로 덮여 있던 아치 터널의 새로운 변신. 꽃이 만발할 날이 기대된다.

잎과 가지들이 모습을 드러냈다. 능소화였다. 그러니까 이 아
치 터널의 원래 주인은 능소화였던 것이다.

　능소화는 여름에만 꽃을 피우는 낙엽성 덩굴식물이라 겨
울엔 줄기만 황량하게 남는다. 아마 이 모습을 견디지 못한 누
군가가 상록수인 보리밥나무를 능소화 사이사이에 심었으리
라. 그런데 보리밥나무가 워낙 왕성하게 자라다 보니 결국 능
소화를 잠식해 버린 것이다. 보리밥나무를 말끔히 걷어 내자

능소화가 덩그러니 남았다. 그 모습이 애처로워 보이기까지 했다.

보리밥나무는 굴삭기를 동원해 뿌리를 캐내어 울타리 지역에 옮겨 심었다. 파낸 자리에는 덩굴장미를 심었다. 연분홍색 '거트루드 지킬'과 진분홍색 '아메리칸 뷰티'라는 품종을 선택했다. 3개의 줄기가 5미터 이상 자란 튼실한 개체였다. 흙은 마사토와 모래, 부엽토를 똑같은 양으로 섞고 퇴비를 약간 넣어 배합했다.

페인트까지 새로 말끔하게 칠한 아치에 새롭게 자리 잡은 덩굴장미를 보니 슈팅스타 아이스크림이라도 먹은 기분이었다. 머릿속에서 기분 좋은 탄성이 팡팡 터졌다. 정원은 상상을 현실로 이루기에 더없이 좋은 무대라는 것을 다시 한번 확인하는 순간이었다. 아울러 내가 꿈꾸는 다른 많은 일도 그렇게 이루어 낼 수 있으리라는 자신감과 희망도 생겨났다.

미국 유학 시절 가끔 챈티클리어 가든Chanticleer Garden에
들른 적이 있다. 그때마다 가든 디렉터인 빌 토머스(R. William
Thomas, Bill은 William의 애칭)를 볼 수 있었다. 그는 거의 늘 청
바지에 티셔츠 같은 수수한 옷차림이었고 디렉터이면서도 정
원을 돌보며 사람들과 소탈하게 이야기를 나누곤 했다. 환하
게 웃을 때마다 눈가에 잡히는 주름이 꽤 근사했다. 사실 그는
그런 인상만큼 인품이 훌륭하기로 소문난 가드너이다.

빌은 1970년대 후반부터 26년간 롱우드 가든에 몸담았
던 베테랑 가드너다. 롱우드 가든은 미국에서 "가든의 수도"
라 불리는 필라델피아 지역 30여 곳 정원의 구심점이다. 120

년 역사를 자랑하며 연중 빼어난 전시로 유명하다. 빌은 롱우드 가든에서 원예와 가드닝 교육 관련 경력을 탄탄하게 쌓은 뒤 2003년 챈티클리어 가든의 디렉터이자 수석 가드너가 되었다.

챈티클리어는 롱우드 가든만큼 크고 화려하진 않다. 하지만 예술적인 감수성과 위트가 있는 디자인으로 유명하다. 챈티클리어는 제약 분야에서 크게 성공한 로젠가르텐 가문의 소유였다가 1993년 공공의 정원이 되었다. 이후 영국 출신의 가드너 크리스 우드를 중심으로 전문 가드너 팀이 꾸려져 운영과 관리를 맡았다.

챈티클리어는 설립자 로젠가르텐의 바람대로 예술적이고 위트가 있는 정원 구현을 최고의 미션으로 삼았다. 19세기 중반 윌리엄 새커리의 풍자소설 《뉴컴 일가The Newcomes》에 등장하는 챈티클리어(Chanticleer, 우리말로 수탉)가 정원 이름이 된 것도 이런 배경에서다.

챈티클리어의 두 번째 디렉터로 영입된 후 빌은 정원을 크게 발전시켰다. 먼저 함께 일하는 가드너들이 자유롭게 디자인을 구현할 장을 마련해 주었다. 가드너들이 자신이 가진 다양한 능력과 기술, 경력을 살려 각자가 맡은 정원에 예술성,

● 예술적인 챈티클리어 가든

위트, 새로움을 불어넣도록 한 것이다. 그 덕분에 챈티클리어에는 새로운 관점에서 재해석한 정원과 아이디어가 돋보이는 정원이 많다. 로젠가르텐 가문이 살았던 오래된 집터를 살려 2000년에 완공한 아름다운 '폐허 정원', 아시아의 희귀 야생화들을 소재로 한 '숲 정원' 등이 대표적이다. 숲 정원에는 우리나라에서도 쉽게 구경하기 힘든 식물이 많다. 그래서 챈티클리어를 방문할 때면 이번엔 또 어떤 새로운 것을 보게 될까 하고 자연스레 기대하게 된다.

빌은 정원의 디렉터이면서 누구보다 현장을 잘 알고 사랑하는 가드너다. 계절에 따라 다채롭게 변화하는 정원을 만들기 위해 색깔과 질감, 모양과 크기가 다른 여러 잎 식물들을 즐겨 사용한다. 여기에 계절별로 피고 지는 꽃을 추가하면 흥미로운 악센트 효과를 줄 수 있다. 여러 알뿌리식물을 대량으로 심어 꽃이 필 때 장관을 이루게도 한다. 가령 큰 나무들 아래로 흐르는 실개천 주변에 수만 구의 푸른 카마시아*Camassia leichtlinii*를 심는 식이다. 꽃 '물결'에 방문객들은 탄성을 터뜨리지 않을 수 없다.

가드너로서 빌의 철학은 인품만큼 인간적이다. 그는 정원을 찾는 사람은 누구나 그 정원의 주인을 개인적으로 방문한 특별한 손님처럼 대우 받아야 한다는 원칙을 가 지고 있다. 방문객들이 입 구에서부터 환대를 받는 이유다. 정원 곳곳에서는 빌을 비롯한 가드너들이 따뜻한 인사를 건넨다. 혹 시 방문객이 질문이라도 할라치면 가드너들은 열 일 제쳐 두고 친절하게 모 든 것을 설명해 준다. 나 역시 델라웨어 대학교에

● 챈티클리어 디렉터 빌 토머스

서 정원에 관한 석사 학위 논문을 쓸 때 빌과 직원들에게 많은 도움을 받았다. 또한 그가 진행하는 정원 투어에 참여하면서 다니엘 힝클리Daniel J. Hinkley, 릭 다르케Rick Darke 등 유명한 식 물 전문가들도 만날 수 있었다.

빌은 정원뿐 아니라 어디에서든 매력을 발산하는 사람 이다. 한번은 모리스 수목원에서 열린 식물 큐레이터들의 세 미나에 참석했는데 그 자리에서 빌은 평상시의 수수한 복장 이 아닌 깔끔하고 매력적인 슈트를 입고 사회를 보았다. 이름

만 대면 알 수 있는 내로라하는 식물 전문가들의 이야기도 재미있었지만 교양이 넘치면서도 위트 있게 모임을 주도한 그의 모습이 더 인상적으로 남아 있다. 당연히 사람들도 그런 그의 모습을 좋아한다. 매년 여름 챈티클리어에서는 수영장이 있는 정원에서 파티가 열리는데 거기서도 빌은 멋진 다이빙 실력을 자랑해 젊은 가드너들의 우상이 되었다.

빌은 챈티클리어에 후배 가드너들을 위한 제도도 만들었다. 가드너 지망생들을 위한 장학 제도와 인턴십 제도, 그리고 다른 정원에서 일하는 가드너를 일정 기간 챈티클리어로 초대하는 특별한 프로그램이 그 예들이다. 전도유망한 가드너 교육생을 선발해서 영국의 유명한 정원 그레이트 딕스터로 보내 1년 가까이 가드닝 교육을 받을 수 있게 해 주는 프로그램은 경쟁률이 매우 높다. 빌의 이런 시도들은 다음 세대 가드너들을 위한 것이다.

빌의 리더십은 챈티클리어를 넘어 필라델피아 지역 정원들에도 영향을 미쳤고, 급기야 챈티클리어를 전 세계 사람들의 정원 여행 목적지로 급부상시켰다. 그는 또한 미국공공정원협회American Public Gardens Association, 미국정원작가협회Garden Writers of America, 미국침엽수협회American Conifer Society 등에서

이사, 회장 등 요직을 두루 거쳤다. 2017년엔 아주 명예로운 상을 받았다. 스와스모어 대학 수콧 수목원에서 수여하는 스콧 메달이다. 1929년부터 가드닝의 기술과 문화에 큰 공헌을 한 사람들에게 주는 상이다. 그는 가드너로서뿐 아니라 앞으로 정원 일을 해 나갈 사람들을 키워 내는 '가드너 육성가'로서도 크게 존경받고 있다. 동료 가드너들과 함께 《가드닝의 기술 The Art of Gardening: Design Inspiration and Innovative Planting Techniques from Chanticleer》도 출간했다. 챈티클리어의 식물과 정원 디자인에 대한 이야기, 전문 원예 기술에 관한 내용이 담겨 있다.

4장.

자연의 시간
여름

식물 중독자

나는 식물 중독자다. 꽃이나 잎 따위를 지나치게 좋아한
결과, 식물 없이는 견디지 못하는 상태가 된 것이다. 식물 중독
은 쇼핑에서 시작된다. 연말연시가 되면 종묘회사의 카탈로그
가 속속 도착한다. 바쁜 바깥일이 어느 정도 마무리되면 찬찬
히 볼 요량으로 하나둘 책상에 쌓아 두다 보면 어느새 수북해
진다. 사무실에 들어올 때 슬쩍 카탈로그들을 곁눈질만 해도
기분이 좋아진다. 냉장고에 갓 장을 봐 온 식재료와 과일, 음료
를 쟁여 둔 것처럼 든든해지는 것이다.

하지만 그 카탈로그들을 자세히 볼 시간은 생각보다 충
분치 않다. 좋은 품목들은 바로 '솔드 아웃sold out' 되기 때문에

서둘러 주문을 넣어야 한다. 귀성길 열차표를 구할 때처럼 마음이 다급해진다. 간신히 시간을 내어 주문서에 하나하나 살 것을 체크하다 보면 예산을 초과하기 일쑤다. 그때부터는 무엇을 뺄지, 어떤 품종의 숫자를 더 줄일지 머리를 싸매고 고민한다. 모두 키워 보고 싶은 것이기 때문이다. 결국 품종의 종류는 다양하게 하되 각각의 주문량을 줄이기로 한다. 이를테면 다양한 매발톱꽃을 보고 싶다면, 두세 본씩 여러 품종을 주문하는 식이다.

여러 가드너가 일 년간 전시할 꽃 종류를 고를 때는 품목과 수량을 정하기가 훨씬 더 어렵다. 혼자도 생각이 많은데 여럿이 모이면 얼마나 복잡할까. 모두가 만족하는 식재 디자인과 식물 목록을 찾기는 어렵다. 그래서 가급적 한 사람이 주도해서 그 사람의 색깔로 정원을 디자인하는 것이 좋다. 계절별로 담당 가드너를 정하는 것도 한 방법일 수 있겠다. 봄, 여름, 가을, 겨울의 정원은 저마다 꽃 종류와 분위기가 다르니 시즌마다 새롭게 연출이 가능하다.

내가 빠져 있는 또 하나의 중독은 '꽃구경'이다. 내가 맡은 정원 연출을 마무리하고 나면 서둘러 남의 정원을 구경 다니기 바쁘다. 주로 새롭게 만들어진 정원을 찾는다. 어떤 아이디어와 디자인으로 정원을 만들고 어떤 새로운 품종들을 사용했는지 눈여겨본다. 정원 투어는 미술관이나 박물관의 새로운 기획전이나 음악당의 특별 공연을 찾는 일만큼이나 매력적이다. 18세기 영국에서는 이탈리아 정원으로 떠나는 그랜드 투어가 인기였다니, 나의 꽃구경 중독이 이상할 것도 없다.

매년 찾는 정원도 있다. 같은 자리에 다시 핀 꽃들이라도 꽃들은 언제나 새로운 느낌을 준다. 좋은 사람은 자주 만나도 또 만나고 싶은 마음이랄까. 천리포수목원의 목련, 한택식물원의 깽깽이풀, 국립한국자생식물원의 노루귀와 얼레지는 특히 중독성이 강하다. 여미지식물원의 빅토리아수련은 신혼여행 때 보고 반했는데 결국 그 식물의 담당 가드너가 될 정도로 나를 강하게 끌어당겼다.

그 다음 중독은 '사진 찍기'다. 꽃구경을 다니다 보니 자연스럽게 사진을 많이 찍게 돼서 생긴 중독이다. 어떤 꽃은 개화기가 지나면 1년을 또 기다려야 하니 무조건 열심히 찍는다.

사실 사진 찍기는 '식물 중독'의 전 단계쯤 된다. 가드너로 일하기 전 나는 시간이 날 때마다 꽃 사진을 찍으러 다녔다. 전국의 유명한 수목원, 식물원, 정원의 꽃들은 물론이고 출퇴근 길 주변에 피고 지는 꽃들, 산책길에서 만난 모든 꽃을 카메라에 담았다. 동네 화원에 들러 새로운 꽃이 없는지 기웃거렸고, 가끔은 양재동 꽃시장에서 주인장의 눈총을 받아 가면서도 셔터를 눌러 댔다.

꽃 사진을 혼자 보기 아까워 블로그에 올리기 시작했는데, 이 역시 '중독'으로 이어졌다. 이제는 사진을 찍을 때 함께 올릴 글도 생각한다. 블로그 운영은 자연스럽게 페북, 인스타그램 등의 SNS 활동으로 이어졌다. 그 덕분에 다른 수많은 가드너 친구도 알게 되어 서로 소식을 주고받고 있다.

"거긴 복수초가 벌써 피었네요? 우리 정원은 아직인데…."

해외 가드너 친구들에게도 꽃과 정원에 대한 소식은 큰 관심사다.

"Hey, Wonsoon! Your Tulips look great! Way earlier than ours!"

또한 나는 '식물 책 중독자'이다. 나의 책장은 대부분 식물 도감이나 식물 혹은 정원에 관한 에세이, 가드닝 노하우나 식재 디자인에 관한 책들로 채워져 있다. 정원과 식물을 주제로 한 책 중에는 소장하고 싶은 예쁜 책이 너무 많다. 이런 책들이 나오면 일단 사 놓고 본다. 바로 완독하는 책도 있고 그러지 못하는 책도 많다. 시간은 빨리 가고 신간은 금세 구간이 된다.

쌓여 가는 책들을 보면 밀린 숙제를 보는 기분이다. 하지만 잠시뿐이다. 아름다운 정원을 바라볼 때처럼 흐뭇한 마음이 더 크다.

이 '중독'들은 나의 에너지원이다. 가드너로서 삶에 자부심과 행복을 느끼게 해 준다. 무엇보다 이 중독들 덕분에 식물과 정원에서 느끼는 기쁨을 다른 사람들과 나눌 수 있어 좋다. 그럼으로써 식물에 대해 더 알게 되는 '선순환'을 경험한다.

양치식물 번식

가드너라면 애정하는 식물 컬렉션이 있기 마련이다. 식물을 많이 접할수록 특별하고 희귀한 것들을 좋아하는 경향이 있다. 그래서 값비싼 난초, 베고니아, 선인장, 다육식물 품종들을 모으는 가드너가 있다. 반면에 사람들이 별로 관심 갖지 않는 식물들을 순전히 개인적인 취향으로 수집하는 가드너도 많다.

한때 양치식물에 빠졌던 때가 있었다. 양치식물 도감을 겨드랑이에 끼고 다니며 종을 식별하려 애썼고, 양치식물을 정원에 심기도 했으며, 테라리움terrarium과 그린월green wall, 행잉 화분 등으로 만들기도 했다.

● 양치식물 포자

양치식물은 꽃이 피지 않고 계절에 따라 큰 변화도 없지만 잎의 모양과 질감, 크기가 다양해서 좋다. 앙증맞은 것부터 수십 미터까지 자라는 나무고사리, 덩굴식물처럼 다른 나무를 타고 올라가는 양치식물까지 종류도 많다.

양치식물은 수억 년 전 지구에 등장했는데, 고집이 세고 보수적인 식물이다. 그 오랜 세월 동안 겉모습이나 살아가는 방식이 거의 바뀌지 않았기 때문이다. 공룡, 매머드처럼 먼 옛

날 지구에서 멸종된 동물들이 보았던 양치식물을 우리가 지금 보고 있는 것이다.

양치식물은 보통 잎 뒤에 다닥다닥 붙어 있는 포자로 번식한다. 자칫 징그러워 보일 수 있는 갈색 혹은 검정색 포자들이 바로 자손 번식을 위한 씨앗들인 셈이다. 먼지처럼 작은 수만 개의 포자가 주변에 흩뿌려지지만 단 몇 개체만이 살아남는다. 그렇게 화려하거나 경쟁적이지 않아 다른 종들의 적이 되거나 지나친 관심을 받지 않는 것이 어쩌면 생존 비결일지 모르겠다.

가드너라면 어떤 식물이든 그 식물의 번식 방법에 큰 관심을 갖기 마련이다. 그리고 가능하면 직접 번식시켜 보고 싶어 한다. 양치식물은 뿌리를 나누어 개체 수를 늘릴 수도 있지만 포자를 뿌려 대량 번식시킬 수도 있다.

나는 관중과 청나래고사리, 꿩고비처럼 정원에 많이 쓰이는 종류를 직접 번식시켜 보기로 했다. 먼저 정원에 자라고 있는 양치식물들의 포자가 익기를 기다렸다. 포자는 양치식물에 따라 모양과 패턴이 제각각인데, 그것을 살펴보는 일도 재미있다. 양치식물은 보통 봄에 새순을 틔우고 성장하다가 여름에 잎 뒷면에 포자를 생성한다. 청나래고사리나 꿩고비처럼 포자가 달리는 잎이 아예 따로 나오는 종류도 있다.

보통 포자의 색깔이 갈색을 띠면 퍼뜨릴 준비가 된 것이다. 그럼 포자가 달린 잎들을 잘라 흰색 종이에 놓고 다른 종이로 덮은 다음 무거운 책을 올려놓는다. 며칠 뒤에 확인해 보면 먼지 같은 포자 가루들이 하얀 종이에 잔뜩 떨어져 있다. 만약 너무 이르거나 늦은 시기에 잎을 땄다면 종이에는 잎줄기에 붙어 있던 털이나 인편, 마른 소엽들만 떨어져 있을 것이다.

다행히 포자 수집에 성공했다. 금가루처럼 귀하게 여겨졌다. 잘 보관한 후, 포자를 뿌릴 파종상을 준비했다. 빠른 시간 안에 여러 공정을 일사분란하게 진행해야 하기에 동료 가드너들의 도움을 받았다. 평소에 자주 있는 일은 아니어서 모두 살짝 상기된 표정이었다.

고사리 파종상은 깨끗해야 한다. 조직 배양에서 배지의 무균 상태를 유지해야 하듯이 고사리를 파종할 흙에도 다른 세균이나 바이러스, 이물질이 들어가지 않도록 조심해야 한다. 토양을 소독하기 위해 한 사람은 주전자에 물을 끓이기 시작한다. 그 물로 믹스커피도 한잔씩 타 마실 것이다. 몇몇은 깨끗한 삽목상자에 피트모스를 넣는다. 물을 부으면 많이 가라앉으니 최대한 가득 채운다.

피트모스는 뭉친 덩어리를 손으로 주물럭거리면서 일일이 풀어 줘야 한다. 마을 잔치 준비를 위해 모인 것처럼, 작은 풀싹을 틔우는 일에 동료들이 함께해 줘 고마울 뿐이다. 이제 피트모스가 담긴 삽목상자에 끓는 물을 부어 소독할 차례다.

물을 적당히 식힌 다음 흙 표면을 깨끗한 막대나 손으로 판판하게 만든 후 그 위에 포자 가루를 뿌린다. 종이를 반으로 접어 포자 가루를 접힌 부분에 모이게 한 다음 조심스럽게 손가락으로 톡톡 종이 아랫면을 치면서 포자 가루를 흩뿌린다. 이건 가드너들 각자의 미션이다. 양치식물의 종류별로 라벨을 만들어 서로 섞이지 않도록 주의한다. 포자 가루를 뿌릴 때 어떤 가드너는 종이를 너무 세게 쳐서 가루가 뭉텅이로 떨어지곤 하는데 사람이 하는 일이다 보니 어쩔 수 없다.

파종을 마친 삽목상자는 곧바로 랩으로 밀봉해서 깨끗한 환경과 습도를 유지시켜 준다. 한 달 후쯤 편평한 심장 모양의 전엽체가 생겨난다. 이따금씩 랩을 톡톡 건드려 이슬방울들이 자연스럽게 떨어지게 한다. 전엽체의 장정기°와 장란기°°가 물의 흐름을 통해 수정을 할 수 있도록 돕는 것이다.

● 장정기藏精器 선태식물·양치식물의 전엽체에서 분화하여 정자를 만들어 내는 웅성 생식 기관.
●● 장란기藏卵器 선태식물·양치식물의 전엽체에서 분화하여 난세포를 만들어 내는 자성 생식 기관.

한 달쯤 지나면 작은 포자체, 즉 새끼 양치식물이 모습을 드러낸다. 어느 정도 커지면 핀셋으로 조심스럽게 꺼내 개별 화분으로 이식해 준다. 이때도 랩이나 투명 비닐로 덮어 습도를 유지해 준다. 커 갈수록 구멍을 조금씩 뚫어 주다가 웬만큼 자라면 비닐을 벗기고 좀 더 큰 화분이나 정원으로 옮겨 주면 된다.

이 양치식물이 자리 잡을 곳은 큰 나무들 아래다. 나무들 근처에서 자라는 비비추나 매발톱, 맥문동과 양치식물은 잘 어울린다. 꽃을 피우는 식물들의 배경이 되어 주고, 꽃이 진 시기엔 우아한 잎들로 그 빈 곳을 채워 준다. 양치식물의 이런 소박한 성정이 참 좋다. 먼지같이 작은 포자에서 시작해 마침내 자기 자리에서 뿌리를 내리고 건강하게 자라는 모습을 보면 대견하다.

진땀 나는 화단 교체

계절이 바뀔 때마다 그 계절에 맞는 새로운 꽃을 들이는 것은 분명 설레는 일이다. 하지만 그 작업에는 인력과 예산도 많이 든다. 한해살이 초화류는 한 시즌만 풍미하니, 꽃이 질 시기에 맞추어 다른 초화류로 바꾸어 주어야 한다.

그 시기를 놓치면 안 되므로 가드너는 매일 화단을 돌보며 꽃의 변화를 살핀다. 지금 피어 있는 꽃과 앞으로 피어날 꽃봉오리들이 적절히 균형을 이루고 있을 때가 가장 아름답다. 하지만 화무십일홍花無十日紅이라는 말처럼 꽃은 점차 시들게 마련이다. 가드너는 여러 꽃의 생리와 개화 주기를 알기에 미리 다음을 준비한다. 언제 어떤 화단의 꽃을 교체할지에 대한 계획을 세우고, 도면에 표시도 한다. 모자이크처럼 색깔별로 영역을 표시한 후 계절별로 심을 초화류 이름을 빼곡히 적어 둔다.

초화류 심을 시기를 결정하는 것은 기온이다. 가령 루피너스나 델피늄 같은 꽃은 온도가 너무 높으면 시드는 반면, 토레니아와 샐비어는 여름 고온을 즐긴다. 가을바람에 해가 짧아질수록 국화와 아스터는 더 많은 꽃을 피운다. 그러나 계획은 계획일 뿐, 이론과 실제가 다른 경우도 부지기수다. 꽃을 오래 볼 수 있으리라 예상했던 초화가 장마로 모두 녹아내리기도 하고, 또 반대로 금방 질 거라 생각했던 꽃이 계속 피어 있는 경우도 있다. 어찌 되었든지 도면상의 계획은 전체적인 아웃라인을 잡아 줄 뿐, 정원엔 수많은 변수가 있어 상황에 맞게 대처할 수밖에 없다.

평소 시든 꽃을 따 주거나 초화의 일부를 다른 꽃으로 교체하는 일은 가드너에겐 일상적인 것이다. 그렇게 항상 꽃을 다루는 것이야말로 가드너가 진정으로 원하는 일이다. 신선하고 건강한 새잎과 꽃대를 내는 식물들을 보면 의욕도 샘솟는다.

하지만 한꺼번에 많은 양의 꽃을 교체해야 할 때는 이야기가 좀 달라진다. 경우에 따라 정원이 전쟁터처럼 변하기도 한다. 보통 사계절 내내 아름다운 꽃을 피워야 하는 초화류 정원은 일 년에 네다섯 차례 대대적인 홍역을 치른다. 봄에 싹이 올라오는 각종 알뿌리식물들 사이에 이른 봄 초화류를 심을 때, 개화기가 짧은 알뿌리식물들의 꽃들이 지고 난 자리에 늦봄 초화류를 심을 때, 본격적인 여름을 앞두고 더위와 장마에 강한 여름 초화류를 심을 때, 가을을 맞이해 가을 초화류와 국화류를 심을 때, 마지막으로 서리가 내리기 전 다시금 내년에 개화할 봄철 알뿌리식물들을 미리 심을 때 등이다.

이렇게 큰 '공사'를 앞두고 있으면 몇 주 전부터 신경이 예민해진다. 할 일이 워낙 많아서다. 같이 일할 사람들을 미리 섭외해 놓고, 그날 쓸 장비들도 갖추어 놓아야 하고, 가장 중요한 꽃을 원하는 날짜에 현장에 도착하도록 조율해 놓아야 한다. 초화류는 종류에 따라 이삼 개월 혹은 반년에서 길게는 일년 동안 준비해야 하는데, 문제는 품질이다. 계획한 품종들이 원하는 품질과 규격대로 들어오면 좋겠지만 그렇지 않은 경우가 부지기수다. 식재 당일 새벽에 들어온 식물들을 보며 '왜 슬픈 예감은 틀린 적이 없나' 하며 한숨을 내쉴 때가 많다. 아무튼 살아 있는 식물이다 보니 공장에서 찍어 낸 제품처럼 한 치의 오차 없이 정확히 들어오길 바라는 건 무리다.

대대적으로 꽃을 심는 날, 가드너들은 새벽부터 '완전 무장'을 하고 정원에 모인다. 안전화와 작업용 장갑, 허리춤에 차는 도구가방을 갖추는 건 기본이다. 종일 햇빛을 받으니 그을리지 않게 챙 넓은 모자도 준비하고, 도면과 노트·펜 따위를 쉽게 소지할 수 있게 주머니가 많이 달린 조끼도 챙겨 입는다.

이제 본격적인 작업에 들어간다. 먼저, 새로 식재할 곳의 기존 초화를 뽑아낸다. 그 무렵 한 시즌 동안 수고한 꽃은 대부분 시래기처럼 변해 있다. 감사한 마음 반, 후련한 마음 반이다. 무를 뽑듯 기존 초화들의 줄기를 손에 잡히는 대로 쑥쑥 뽑아낸다. 뿌리들은 서로 세게 부딪쳐 흙을 탈탈 털어 낸다. 뽑은 초화들은 한데 모아 덤프트럭에 싣는다. 이 작업을 계속하다 보면 가드너들은 흙먼지를 뒤집어쓰고 몸 여기저기에는 꽃잎과 잎 부스러기들이 들러붙어 있기 마련이다. 신발 속에도 흙이 들어가 걸을 때마다 버석거린다. 화단은 화단대로 꽃들의 잔해로 엉망진창이다. 뽑힌 것들은 덤프트럭에 실려 퇴비장으로 향한다.

● 작업용 장갑
●● 모종삽

● 세심한 계획과 식재 감각이 필요한 초화 교체 작업

　　화단 안으로 발을 들이기는커녕 바라보는 것조차 아까워
하며 귀하게 관리했던 정원은 이곳에 언제 꽃들이 있었나 싶
을 정도로 금세 초토화된다. 지저분한 것들을 갈퀴로 긁어내
고 땅을 판판하게 고른다. 이때 기존 흙을 어느 정도 걷어 내고
잘 부숙된 퇴비를 뿌려 준다. 새롭게 심을 초화들이 한동안 잘
자라도록 미리 밥을 챙겨 넣어 주는 것이다. 고르게 평탄 작업
까지 마친 화단은 마치 화가가 그림을 그리기 직전 깨끗한 캔

버스를 펼쳐 놓은 모양새다.

　이런 준비 작업을 하는 사이에 농장에서 자란 초화들이 속속 현장에 도착한다. 납품 차량들이 길가에 늘어서면 가드너들은 초화가 담긴 삽목상자들을 하나씩 내려 식재할 장소 근처에 배치한다. 이 과정에서 품목들의 상태와 수량을 꼼꼼히 확인한다. 꽃 상태가 좋으면 절로 웃음이 나오지만, 기대에 못 미치면 표정이 굳는다.

　종류가 많을 때는 현장에 도착한 식물들을 바로 검수, 분류, 배치하는 일이 중요하다. 혼자 이 일들을 감당하려면 멘붕에 빠지기 쉽다. 단순히 식재 작업만을 위해 모인 수많은 가드너가 뭘 해야 할지 몰라 멀뚱멀뚱 나만 쳐다보고 있을 때는 식은땀이 난다. 화단의 어느 부분에 어떤 꽃을 어떻게 심어야 할지 일일이 가르쳐 주면서 일사분란하게 작업을 진행시켜 정해진 시간 안에 마치기란 보통 일이 아니다. 다양한 초화류에 대해 어느 정도 지식이 있으면서 도면을 이해하고 도면대로 식물들을 정확히 배치해 줄 동료 가드너의 도움이 절실한 순간이다.

　이리저리 뛰어다니며 어찌어찌 샘플 식물들의 배치 작업을 마친 후 그 모습이 나빠 보이지 않는다면 이미 절반은 성공한 셈이다. 하지만 식재가 완료되기 전까지 여전히 방심은 금물이다. 잠시 다른 곳을 봐주고 와 보면 꽃들이 열병식에 도열한 군인들처럼 부자연스럽게 심겨 있거나, 앞쪽에 심어야 할 꽃을 뒤쪽에 심어 놓는다거나 하기 때문이다. 큰 것을 먼저 심으라고 자리까지 정확히 짚어 주었지만 작은 꽃들을 잔뜩 심어 놓아서 다시 뽑아내야 하는 상황도 종종 벌어진다.

점심도 되기 전에 이미 온몸은 땀으로 흠뻑 젖는다. 허리도 뻐근하다. 몽땅 헤집어 놓은 정원만큼이나 머릿속도 마음속도 엉망이다. 현장의 여러 변수와 사정상 구상했던 그림을 완벽히 실현하기 어렵다는 것을 알면서도 미련과 아쉬움은 커져만 간다. 일을 하다 보면 동료 가드너들에게 짜증을 내기도 하는데 그것도 마음 한구석에 불편함으로 쌓인다. 다들 힘들게 일하고 있다는 것을 알기에 그저 미안하고 안쓰러운 마음만 생긴다.

아무튼 정원에 다양한 많은 식물을 식재 디자인에 맞게 심는 일은 모내기나 고추 모종을 심는 일과는 다르다. 한 가지 식물을 단순한 패턴으로 심어 나가는 것이 아니라 식물의 높낮이와 컬러 등을 계산하면서 하나하나 퍼즐 맞추듯 식재하는 일이라, 고도의 전략과 기술이 필요하다.

지난한 과정을 거쳐 초화 식재를 모두 끝내고 물을 주고 나면, 또 한 시즌을 떠맡은 꽃들의 여린 모습이 눈에 들어온다. 재배하우스에 있다가 이제 막 바깥세상을 만난 꽃들이 물방울을 머금고 바람에 살랑이는 모습이 마치 인사를 건네는 것만 같다. 그 순간 힘들었던 몸과 마음이 사르르 녹는다.

'퇴비 차' 우리기

정원에 꽃들이 예쁘게 피어 있는데 마른 잎이나 시든 꽃이 함께 있으면 감흥이 떨어지기 마련이다. 그래서 가드너들은 항상 포대 자루나 바구니를 들고 다니며 시든 잎이나 꽃들을 따 주고 그것들을 퇴비장에 쌓아 둔다. 주기적으로 교체되는 일년생 초화류와 제초 작업으로 생긴 풀들도 모두 퇴비장으로 간다. 퇴비장에 쌓인 식물 잔해들은 시간이 지나면서 썩어 자연스럽게 퇴비가 된다.

하지만 좋은 퇴비는 그냥 만들어지지 않는다. 역시 가드너의 손길이 필요하다. 탄소질과 질소질이 적절한 균형을 이루고, 제때에 수분과 공기가 알맞게 투입되어야 좋은 퇴비가 된다. 정원 곳곳에서 수거한 잔해들에는 마른 낙엽이나 자잘한 나뭇가지 같은 탄소질도 있고 잔디를 깎아 생겨난 녹색 잎들과 각종 열매 같은 질소질도 섞여 있기 마련이라 탄소질과 질소질이 자연스럽게 균형을 이룬다.

나는 재배하우스 뒤쪽 자그마한 공터에 마련한 퇴비장을 거의 매일 찾는다. 그날그날 작업해 나온 식물 잔해들을 그곳에 쌓아 두어야 하기 때문이다. 퇴비거리가 쌓인 지 얼마 되지 않아 미생물들의 활동이 절정에 이르며 진통을 겪고 있는 퇴비장은 결코 유쾌한 공간이 아니다. 특히 한여름엔 열기에 냄새까지 더해진다. 그뿐인가. 각종 날벌레들 천지다.

가끔씩 퇴비더미를 쇠스랑으로 뒤집어 가며 산소가 골고루 들어갈 수 있게 해 준다. 식물 잔해들을 분해하는 호기성 미생물들에게 힘을 실어 주는 것이다. 비가 한동안 오지 않아 퇴비더미가 너무 말라 있으면 물도 뿌려 준다.

얼마 후 마침내, 식물들을 분해하기 위한 미생물들의 사투가 끝나면 고요하면서도 농익은 기운이 퇴비더미를 감싼다. 잘 부숙된 퇴비더미는 저녁 무렵 밥 짓는 연기와 냄새로 가득한 평화로운 시골 마을 풍경을 떠오르게 한다.

퇴비는 땅을 살리고 식물들을 건강하게 키워 내는 원천

으로, 정원에서 가장 중요한 보배다. 퇴비를 사서 쓸 때도 있는데 완전히 부숙이 되지 않았거나 가축 분뇨 같은 질소질이 너무 많이 섞인 퇴비는 좀 더 부숙을 시킨 다음 사용하는 것이 좋다.

빅토리아수련같이 특별한 식물은 퇴비 역시 평범하지 않다. 선배 가드너들이 자체 개발한 '퇴비 레시피'를 나에게 전수해 주었다. 퇴비 만드는 법은 이렇다. 먼저 소똥과 톱밥을 잘 섞는다. 소똥은 미리 구해 쟁여 두고 어느 정도 부숙을 시킨 것이어야 한다. 그다음 과정이 곤혹스러운데, 소똥과 톱밥의 혼합물을 손으로 조물거려 주먹밥처럼 하나하나 만들어야 한다는 것이다. 이 '퇴비 주먹밥'을 빅토리아수련이 자라는 물속 화분 곳곳에 찔러 넣어 주면 된다. 어마어마한 잎을 계속 키워 내려면 고농도의 질소질 양분이 필요하기 때문이다. 하지만 '퇴비 주먹밥'을 만들고 나면 퇴근 전에 샤워를 해도 냄새가 잘 가시지 않는다는 게 문제. 아무리 정원 일이 좋아도 가족들에게 최소한의 예의는 지켜야겠기에 빅토리아수련에 거름을 주는 날이면 대략난감해진다. 물론 일 자체는 너무도 재미있지만 말이다.

가드너들은 식물들에게 퇴비만 주는 게 아니라 가끔씩 '퇴비 차'도 우려 준다. 말 그대로 퇴비로 우려 낸 차 같은 것인데, 식물도 사람처럼 차를 마시면 여러 가지로 좋다. 차 우리는 기본 원리는 티백과 같다. 잘 부숙된 퇴비를 녹화마대 주머니에 넣고 녹화끈으로 묶은 뒤 물이 담긴 양동이에 하루 이틀 담가 놓으면 된다. 이때 물은 하루 정도 미리 받아 놓은 것이 좋다. 퇴비에 들어 있는 유익한 미생물을 죽일 수 있는, 물속의 염소 성분을 모두 제거하기 위해서다. 양동이 물속에 에어 펌프와 연결된 호스를 넣어 산소를 공급해 주면 미생물들이 더 행복해할 것이다.

물론 식물은 뿌리를 통해 차를 음미하니, 퇴비 차는 흙에 뿌려 준다. 퇴비 차에는 수많은 유익한 미생물과 미네랄이 풍부하게 함유돼 있어 흙이 아주 좋아진다. 흙에 뿌리를 둔 식물의 건강도 덩달아 좋아질 수밖에 없다. 사람도 면역력이 떨어져 아프기 시작하면 산해진미가 있어도 끌리지 않듯, 흙이 좋지 않으면 아무리 비싼 비료와 영양제를 써도 소용없다. 가드너는 자식을 위해 정성껏 한약을 달이는 부모처럼 식물들을 위해 퇴비 차를 우린다. 이 차를 마시고 탐스럽게 꽃을 피우고 열매를 맺을 식물의 모습을 떠올리면 마음이 절로 훈훈해진다.

흙의 중요성을 알아서 다른 정원을 방문할 때도 먼저 화단에 쓰인 흙부터 살핀다. 탄소질이 풍부한 좋은 퇴비가 많이 섞인 흙은 검은빛을 띤다. 그런 흙은 한 움큼 쥐어 냄새를 맡아 본다. 좋은 퇴비가 섞인 보송보송하고 건강한 흙에선 누룩 띄우는 냄새가 난다. 세상 어느 향수보다 더 향기롭다. 실제로 유익한 토양 미생물들이 코를 통해 우리 몸속에 들어오면 세로토닌 같은 행복 호르몬이 활성화된다.

정원의 ASMR

정원에서 일하다 보면 온갖 소리가 들려온다. 그중 ASMR는 무엇일까. 먼저 가드너들이 일하면서 내는 다양한 소리가 있다. 가령 삽질이나 괭이질, 갈퀴질이나 호미질같이 땅을 파거나 긁을 때 나는 소리다. 거칠고 투박하지만 가드너에겐 가장 익숙한 소리다. 가드너가 일하고 있는 정원에선 늘 어딘가에서 이런 소리가 들린다.

가지치기를 할 때 나는 소리도 듣기 좋다. 제라늄이나 플록스의 시든 꽃대를 자를 땐 작은 꽃가위를 사용하는데 "똑, 똑" 잘리는 소리가 아주 경쾌하다. 백일홍이나 메리골드 같은 초화류의 시든 꽃은 엄지와 검지 손톱으로 끊어 내는데 작은 곤충들이 움직일 때처럼 사각사각 소리가 난다. 무궁화나 장미 같은 관목류의 가지를 자를 때 나는 소리는 훨씬 더 세고 뭉툭하다. 마치 수행 중 죽도를 맞을 때 나는 소리 같아 순간순간 정신이 번쩍 든다. 실제로 전정가위는 아주 날카롭기 때문에 꼭 안전장갑을 끼고 작업해야 한다.

가드너들이 나누는 잡담도 듣기 좋다. 시든 꽃을 따거나 잡초를 매면서 두런두런 이야기를 나누면 지루한 작업 시간이 휙 지나가 버린다. 그래서 입담 좋은 가드너와 함께 일하면 즐겁다. 물론 말수 적은 가드너와 일하는 시간도 나쁘진 않다. 그때는 오롯이 주변의 다른 소리에 집중할 수 있기 때문이다. 특히 새소리는 언제 들어도 마음을 평온하게 한다. 경치 좋은 곳에 와서 소일거리를 하는 착각마저 들게 한다. 물론 같은 새라도 직박구리의 날카로운 소리나 까마귀 울음소리는 달갑지 않다.

바람 부는 날, 식물의 잎들이나 마른 열매들이 서로 부딪치는 소리도 듣기 좋다. 가만히 들어 보면 식물마다 내는 소리가 다 다르다. 벚나무나 느티나무 같은 활엽수의 잎들은 아주 빠른 템포로 드럼을 치는 소리를 내고, 참억새나 기장 같은 그라스의 잎들은 잔잔한 파도 소리를 연상시킨다. 귀리사초는 이삭들이 귀고리처럼 달려 있어 바람이 불 때마다 찰랑거린

● 빗소리만 들리는 고요한 정원

다. 잎이 뻣뻣하고 두꺼운 태산목이나 감나무, 후박나무나 까마귀쪽나무 등의 잎들은 바람에 뒤척일 때마다 새들의 날갯짓 같은 둔탁한 소리를 낸다.

바람 부는 날만큼 비 오는 날 정원의 소리도 참 좋다. 모든 소리가 빗소리에 파묻히고, 오직 빗방울이 나무와 풀, 흙과 길을 두드리는 소리만 들려온다. 듣다 보면 온갖 상념을 잠시 내려놓게 된다.

내가 좋아하는 소리 중 하나는 식물에 물을 줄 때 나는 소리다. 특히 이른 아침에 물 줄 때가 좋다. 막 떠오른 햇살이 식물의 잎과 줄기에 떨어진 물방울에 산란되는 광경은 보기만 해도 황홀하다. 식물들이 물을 마시며 느낄 행복감이 고스란히 내게 전해지는 기분이다.

새로 들여온 식물들을 화분에서 빼내어 흙에 심을 때 나는 소리, 퇴비나 바크(bark, 나무껍질)가 담긴 포대를 뜯어 내용물을 화단에 뿌리는 소리, 손수레를 끌고 가는 소리, 돌을 골라내는 소리도 정원에서 들을 수 있는 정겨운 소리다. 연못에서 들려오는 개구리·두꺼비 울음소리, 저녁 무렵 시작되는 풀벌레 소리도 마음을 포근하게 감싼다. 이외에도 정원에는 여러 소리가 오르내린다. 그중 가장 듣기 좋은 소리는 뭐니 뭐니 해도 가드너가 열심히 가꿔 놓은 정원을 보러 온 방문객들의 수런거리는 소리와 아이들의 해맑은 웃음소리다.

잡초는 빌런?

잡초는 가드너에게 영원한 빌런일까? 빌런은 주지하다시피 '악당'이다. 가드너에겐 잡초가, 잡초에겐 가드너가 그런 존재일 수 있겠다. 잡초 입장에선 자신도 지구의 일원인데 자꾸만 가드너가 몰아내려 하니 억울하지 않을까.

사실 잡초는 인간이 정원을 만들면서 원하지 않는 풀들을 뭉뚱그려 표현한 말이다. 그러므로 지각 있는 가드너라면 이런 사실을 인식하고 고민에 빠지지 않을 수 없다. 정원에 크게 해를 끼치지 않는 선에서 잡초 일부를 허용하거나 가장 친환경적인 방법으로 잡초를 제거하는 등의 타협도 한다. 여기서 '친환경적인 방법'이란, 손으로 잡초를 뽑아내거나 바크 멀칭*을 하여 잡초가 자라지 못하도록 하는 방법 따위를 말한다. 빈 땅에 자라도록 허용하는 방법도 있다.

가드너가 '잡초'로 규정하는 풀은 가드너마다, 정원의 목적에 따라 다를 수 있다. 이를테면 텃밭 정원을 가꿀 때는 채소나 허브, 각종 알뿌리식물, 열매가 달리는 나무 외의 것들이 잡초로 치부될 수 있겠다. 꽃밭을 가꾸는 가드너라면 자신이 엄선해 심은 꽃 이외의 것을 모두 잡초로 여길 것이다.

보통 잡초는 번식력과 생명력이 강하다. 조금만 빈틈이 있어도 파죽지세로 뻗어 나간다. 이 기세를 꺾지 못하면 정원은 금세 잡초에 점령당해 버린다. 제주에서는 밭에 나는 잡초를 '검질'이라 하는데 워낙 많이 생겨서 수시로 뽑아 줘야 한다. 오죽하면 '검질 매는 노래'가 있을 정도다.

가드너들이 공통적으로 싫어하는 잡초는 땅을 독차지하려는 것들이다. 당연히 주변 식물들에게 피해를 끼친다. 이들은 주로 수입 농산물이나 물품에 딸려 온다. 고국에선 경쟁자가 많았겠으나 타국엔 아직 그런 존재들이 없으니 마음껏 자라나는 것이다. 가시박이나 단풍잎돼지풀처럼 적수가 거의 없는 녀석도 있다.

● 멀칭mulching 식물이 자라고 있는 토양의 표면을 덮어 주는 일.

● 잡초를 막을 수 있는 멀칭

　식물들도 저마다 '성깔'을 갖고 있다. 정원 식물들 중에서도 어떤 녀석들은 생육 습성이 아주 난폭해서 주변 식물들의 자리를 빼앗는다. 가령 무늬미나리나 무늬어성초는 뿌리줄기가 왕성하게 뻗어 나가 한두 해만에 금세 주변을 덮어 버린다. 잎의 무늬가 예뻐 군데군데 심어 놓은 것뿐인데, 나중엔 대대적으로 들어내는 작업을 해야 하는 것이다. 이런 식물은 다른 식물들과 함께 심지 말고 독립된 구역에 심어 놓는 게 좋다.

해마다 스스로 씨앗을 뿌리고 피고 지는 일년생 초화류도 거의 잡초 수준으로 특별 관리해야 할 대상이다. 처음엔 꽃이 예뻐 정원에 심었는데 해가 갈수록 씨앗이 다른 곳까지 퍼져 나가 곳곳에 터를 잡는다. 이들이 애초에 계획했던 정원 디자인의 선을 넘는 경우엔 얼마나 허용해 줄지 고심이 깊어진다.

잡초는 뽑고 뒤돌아서기 무섭게 자라나 절로 한숨이 나온다. 하지만 원래 심으려던 식물들을 생각하면 잡초 뽑기를 멈출 수 없다. 이제 막 조성한 정원일 경우엔 특히 더 잡초에 신경 써야 한다. 가뜩이나 어리고 귀한 식물들은 잡초에 수분과 양분을 모두 빼앗기고 햇빛조차 제대로 받지 못해 죽을 수도 있다.

정원이 넓을 때는 보통 동료 가드너들과 함께 제초 작업을 한다. 그때, 그 정원을 디자인한 가드너의 도움이 절실하다. 어떤 식물이 원래 그 정원의 주인공인지 잘 모를 수 있어서다. 특히 초보 가드너들에게는 무엇을 남기고 뽑아내야 할지 일일이 가르쳐 주어야 한다. 하지만 아무리 자세히 가르쳐 주어도 애먼 식물들을 뽑아 놓기 일쑤다.

여러 사람이 함께 제초 작업을 할 때 생기는 또 다른 문제는 의도치 않게 귀중한 식물들을 짓밟게 된다는 것이다. 재차 주의를 당부해도 작업이 끝난 후 화단을 둘러보면 짓이겨진

귀한 싹들이 발견된다. 볼 때마다 속상하다.

잘된 정원은 식물들의 색감과 질감이 조화를 이루고 군더더기가 없다. 그래서 예술적인 공간으로 탄생하기도 한다. 정원은 '야외의 방' 같은 것이다. 지저분한 물품들은 정리하고 꼭 필요한 것들만 깔끔하고 예쁘게 정리해서 그 공간에 머물 때 좋은 영감을 느낄 수 있도록 하는 것이 중요하다. 때로는 일부 허용한 잡초가 정원을 완성시켜 주기도 한다. 그런 점에서 잡초도 생각하기 나름이다.

앞서 잠깐 언급했듯이, 제초 작업을 줄일 방법이 있다. 크든 작든 식물들을 화단에 심고 나면 반드시 빈 곳이 생기게 마련이다. 거기에 멀칭을 해 주는 것이다. 멀칭 재료로는 잘 부숙된 부엽토 혹은 바크도 좋고 때론 자갈도 좋다. 멀칭을 하면 식물은 식물들대로 돋보이고, 잡초가 자라는 것을 막을 수 있으며, 토양 보습 효과까지 얻을 수 있다. 부엽토나 바크는 양분이 서서히 땅속에 스며들어 흙이 건강해질 수 있게 돕는다.

나무 돌봄

나무는 사람과 참 많이 닮은 존재다. 씨앗에서 싹튼 어린 나무가 어느덧 큰 나무가 되어 꽃을 피우고 열매를 맺은 후 스러져 가는 모습을 보면 인간의 한 생을 보는 듯하다. 또한 나무들은 여러 인간 군상을 떠올리게 한다. 나뭇가지들을 힘차게 뻗어 나가 수많은 새에게 보금자리를 마련해 주고 그늘을 드리워 다른 생명체에게 안식처를 제공해 주는 나무를 닮은 사람이 있는가 하면, 흐드러지게 꽃을 피워 숲을 향기로 감싸는 나무처럼 좋은 기운을 전파하는 사람도 있고, 상록수처럼 한결같이 인간으로서 품위를 잃지 않는 사람도 있다.

그뿐인가. 아픈 나무를 볼 때는 같은 생명체라는 동질감

● 사람과 많이 닮은 나무의 일생

도 느낀다. 다행히 나무는 병해충을 감지하면 화학 물질을 내뿜어 스스로 방어하거나 그 해충의 천적을 불러 살 길을 모색한다. 또한 야생의 나무는 대부분 자연이 보살핀다. 바람이 가지와 잎에 쌓인 먼지와 부스러기를 털어 내고, 비는 깨끗이 씻겨 주며, 수분과 양분은 자연스레 뿌리로 향한다.

하지만 정원의 나무들은 가드너의 세심한 보살핌이 필요하다. 가드너는 때때로 '나무 이발사'가 된다. 지저분하게 웃자란 가지를 잘라 주고 모여 자란 가지들은 숲을 치듯이 솎아 낸다. 죽거나 병든 가지 혹은 다른 가지와 뒤엉켜 자란 가지들도 가차 없이 잘라 낸다.

가지치기를 할 때, 제법 굵은 줄기는 옹심이 바로 위를 깨끗하게 잘라 내고 도포제를 발라 주어야 상처가 잘 아문다. 이것을 잘 모르는 가드너는 아무데나 막 자르거나 손으로 꺾어 버린다. 그럼 잘린 부위에 병해충이 침투하거나 물이 고이게 되고 거기에 세균과 곰팡이가 번식하여 썩어 들어간다. 아주 오랜 세월 동안 건강하게 잘 자란 나무인데 가지치기를 잘못하는 바람에 중심 줄기 속까지 썩는 경우도 있다.

가드너라면 나무가 어떤 때 즐거워하고, 고통스러워하는지 알아야 한다. 가지치기는 가드너 일의 기본 중의 기본인데, 가끔씩 가로수를 가지치기한 것을 보면 한숨만 나온다. 무턱

대고 줄기와 가지를 자르는 일은 분명히 나무에게 큰 상처를 입힌다.

사람만큼은 아니더라도 나무도 저마다 스타일이 다르기 때문에 가지치기도 달리해야 한다. 가령 봄에 피는 철쭉이나 개나리는 개화가 모두 끝난 직후에 가지를 쳐 낸다. 그래야 자연스럽게 새 가지가 나오고 내년에 필 꽃눈도 생긴다. 나무수국*Hydrangea paniculata* 종류는 그해 나온 가지에서 꽃을 피우기 때문에 매년 초에 가지치기를 하고, 수국*Hydrangea macrophylla* 종류는 전년도 가지에서 꽃을 피우니 여름 개화기가 끝난 후 내년에 꽃필 가지를 미리 받아 놓아야 한다. 과수들은 열매들이 햇빛을 골고루 받을 수 있게 초봄에 가지를 솎아 주는 작업을 해 준다.

이미 썩어 들어가는 줄기와 가지들은 어떻게 할까. 한번은 식물병원을 운영하는 교수님께 연락해서 몇몇 나무의 외과 수술을 의뢰했다. 가지치기를 잘못해서 문제가 생긴 나무들이었다. 가지치기로 인해 생긴 틈에 물이 오랫동안 고여 썩은 것이다. 도대체 얼마나 많은 나무가 이런 상태일까 싶어 걱정이 되었다.

수술 과정은 충치 치료와 비슷하다. 치아의 썩은 부위를 파내고 금·아말감 등을 채워 넣듯이, 줄기의 썩은 부분을 긁어내고 충전재를 채워 넣고 때우는 것이다. 수술해야 할 나무들은 교수님이 가르쳐 준 대로 줄기의 부패한 조직 부위를 모두 긁어내고 상처 도포제를 발라 놓았다. 이때 파낸 곳이 완전히 마른 다음에 도포제를 바르는 것이 중요하다. 그렇게 하지 않으면 수술 후 다시 썩어 들어갈 수 있기 때문이다.

도포제를 바른 후 파내 빈 곳을 우레탄 폼으로 채웠다. 우레탄 폼이 부풀어 오르면, 겉면을 실리콘-코르크 반죽으로 마감한다. 이 반죽은 다음과 같이 만든다. 고무장갑을 끼고 대야에 회색 실리콘 실란트를 덜어 넣고 나무색과 비슷한 실리콘 실란트를 넣어 섞는다. 그다음, 거기에 코르크 가루를 넣고 잘 섞으면 된다.

가드너는 백공이 되어야 한다는 말을 또 실감한 순간이었다. 꽃만 잘 안다고 되는 게 아니라 이렇게 나무의 외과 수술도 배워야 하니 말이다. 썩은 나무를 그대로 두면 어느 순간 더는 버티지 못하고 쓰러진다. 그러므로 가드너는 나무가 병든 걸 알게 되면 최대한 빨리 치료를 해 줘야 한다. 마치 주치의처럼 정원의 나무들을 살펴보며 어떻게 보살필지 계획을 세운다.

가지치기를 한 후 꼭 할 일이 있다. 가지치기해서 나온 것들을 잘게 분쇄하는 것이다. 나는 주로 초화류 연출을 담당했지만, 가끔 수목 관리팀을 도와 가지치기를 하거나 그 가지들을 파쇄하는 작업을 함께하곤 했다.

파쇄장은 한마디로 전쟁터다. 일단 파쇄기 소리가 고막을 찢는 듯하다. 모든 것을 집어삼킬 듯한 그 입구에 서서 끊임없이 크고 작은 나뭇가지들을 파쇄기에 밀어 넣는다. 나뭇가지가 굵을수록 굉음은 더 커진다. 파쇄기 반대쪽에선 분쇄된 나뭇조각들이 사방으로 흩뿌려지며 튕겨 나간다.

나무가 갈리며 나는 냄새와 소음 속에서 모두 묵묵히 맡은 일에 몰두한다. 트럭에 실려 온 나뭇가지들을 파쇄기 앞으로 가져다주면, 수목 담당 가드너가 파쇄기에 그것들을 집어넣는다. 파쇄장이 그리 넓진 않아서 분쇄 과정에서 생긴 먼지들이 머리와 얼굴, 온몸에 땀과 함께 들러붙는다.

파쇄기를 거친 것들은 한데 쌓여 몇 개월 동안 산소와 수분, 미생물들의 도움을 받아 가며 부숙 과정을 거친다. 잘 부숙된 분쇄물은 정원의 흙을 덮어 주는 훌륭한 멀칭 재료가 된다. 특히 나무 밑동 주변에 나무의 수관 폭만큼 넓게 멀칭을 해 주면 나무 보습제가 따로 없다. 1년 동안 그 나무의 뿌리 부분을 촉촉이 보호해 준다. 그뿐인가. 서서히 땅속으로 스며들어 가

양분도 공급해 준다.

　시간이 지나면 마침내 나무는 아주 건강한 새잎들을 내고 병충해에도 강한 존재가 된다. 나무 입장에서 잘 부숙된 분쇄물은 최상의 미용 팩인 동시에 영양제인 셈이다.

　나무가 분해되어 다시 나무로 돌아가는 것은 수십억 년간 지구의 숲속에서 끊임없이 일어난 생태 순환이다. 지금처럼 기술이 최고로 발달한 세상에서 많은 사람이 그러한 생태 순환의 원리를 잊고 산다는 것이 아이러니할 뿐이다.

선인장 정원에서 생긴 일

어느 날 동료 가드너가 식은땀을 흘리며 사무실로 들어섰다. 선인장 정원에서 작업을 하는데 뒤쪽에 있던 커다란 기둥 선인장이 등쪽으로 쓰러졌다는 것이다. 나는 탈의실에서 동료의 등에 박힌 선인장 가시들을 서둘러 뽑았다. 눈에 보이는 것들이야 제거하면 되었지만 문제는 잔가시들이었다. 너무 많아서 어떻게 해야 할지 몰라 나도 진땀이 났다. 핀셋이나 박스테이프를 이용해 뺄 수도 있었지만 세균 감염이 우려돼 병원행이 최선책 같았다.

다행히 가시들은 무사히 제거되었다. 하지만 이 사건으로 다들 선인장 정원을 관리하는 일을 두려워하게 되었다. 특히 수십 년 넘은 거대한 선인장을 다룰 땐 조심 또 조심해야 한다.

애리조나 사막에서 자라는 사구아로 선인장은 외줄기로 자라다가 50년 정도가 지나야 팔이 자라 나오기 시작한다. 양 팔을 벌린 듯한 모습으로 계속 자라 높이 15미터, 무게는 2톤에 이르기도 한다. 이런 선인장이 쓰러져 덮친다면 생각만 해도 아찔하다.

용설란이라고 부르는 아가베 종류는 잎들이 장미꽃처럼 방사형으로 자라는데, 잎끝마다 굵고 뾰족한 가시가 달려 있다. 보기에는 참 예쁜 식물이 이렇게 무시무시한 가시를 가지고 있는 것이 놀랍다. 물론 동물처럼 몸을 움직일 수 없는 식물에게 가시는 자신을 보호하기 위한 최소한의 무기이다. 그런데 그 '무기'에 관람객이 다칠 수 있다는 사실이 늘 신경 쓰이는 점이다. 그래서 가드너들은 관람객 특히 아이들이 가까이 접근할 수 있는 곳의 아가베 종류는 손톱을 깎듯이 잎끝의 가시들을 뭉툭하게 잘라 주기도 한다.

선인장을 다룰 때는 경력이 많은 가드너들도 긴장한다. 억센 가시가 수두룩한 선인장이 너무 크게 자라 줄기 일부가 떨어지려 하거나, 선인장이 주변 식물과 바짝 붙게 되어 자리

이동을 해야 할 때, 혹은 재배하우스에서 키우는 선인장을 분갈이할 때 특히 그렇다. 이런 작업을 할 땐 기본적으로 화덕피자를 구울 때 쓰는 것 같은 두툼한 안전장갑을 끼고 종이박스로 선인장의 몸체를 감싸 안아 이동시키며 작업한다. 여러 명이 함께 작업할 경우에는 자칫 다칠 수도 있으니 매 단계를 아주 천천히 호흡을 맞춰 가며 진행한다.

가드너에게 선인장의 가시는 계륵 같은 것이다. 크게 쓸모는 없지만 그렇다고 해서 버리기엔 아까운 무엇이다. 그러므로 가드너는 선인장의 가시를 잘 다루면서 가시라는 그 식물의 매력이 잘 돋보이도록 전시하기 위해 애쓴다.

가시가 매력적인 선인장 하면 단연 금호 선인장이다. 동그랗게 부풀어 오른 진녹색 방석처럼 생겼는데, 세로 주름을 따라 노란색 가시가 줄지어 박혀 있다. 맘밀라리아 종류는 아기 주먹만 한 털실을 뭉쳐 놓은 것 같은 앙증맞은 모습에 사랑을 받는다. 여우꼬리선인장, 토끼귀선인장, 노인선인장은 딱 이름처럼 생겨 인기가 많다.

다육식물은 선인장과 비슷하게 생겼지만 가시가 없거나 표면이 훨씬 더 부드러워 관리가 수월하다. 조약돌처럼 생긴 리톱스, 잎들이 꽃잎처럼 배열되며 자라는 에케베리아, 통실통실한 잎들을 달고 관목처럼 자라는 염자, 진한 보랏빛으로

● 스타펠리아
●● 용과의 꽃

눈길을 사로잡는 흑법사 같은 식물들은 온실의 밝은 곳에서 특별한 관리 없이도 잘 자라 기특하다.

선인장과 다육식물 중에는 내가 별로 해 준 것도 없는데 이따금씩 아주 크고 아름다운 꽃을 피우는 것들이 있다. 기특하고 감사한 마음마저 든다. 꽃이 불가사리처럼 생긴 스타펠리아나 새하얀 꽃이 환상적으로 피어나는 용과는 일을 하다가도 신기해서 한참을 들여다보게 된다.

용설란은 한번 꽃대가 올라오기 시작하면 몇 달에 걸쳐 5~10미터 높이로 자란다. 개화기가 되면 수백수천 송이의 작은 꽃을 층층이 피워 장관을 이룬다. 용설란 꽃은 백 년에 한 번 핀다고 알려져 있을 정도로 보기 어렵다. 꽃을 피우는 데 전력을 다해선지 개화기가 끝나면 용설란은 서서히 생을 마감한다. 신기한 것은 꽃대에 달린 꽃들은 그 상태에서 싹을 틔우고 뿌리를 내어 자란다는 것이다. 포유류 새끼가 어미젖을 먹고 자라듯이 이 새끼 식물들은 거대한 모체에서 양분을 흡수하며 자란다. 그저 경이로울 뿐이다. 알 수 없는 생명의 메커니즘 속에서 식물들이 계속 번성할 수 있게 도와주는 돌보미로 일하는 것에 잠시 자부심도 느끼는 순간이다.

나의 정원

식물을 키우고 정원을 가꾸는 일을 하다 보면 내가 좋아하는 식물들이 가득한 정원이 있는 집을 짓고 작은 농장을 해 보면 어떨까 하는 생각을 한다. 그럴 때면 한껏 상상을 펼치며 빈 종이에 내가 꿈꾸는 집과 정원, 농장의 모습을 그려 본다. 처음엔 소박하고 단순했던 그림이 나의 관심과 견문이 깊어지면서 점점 더 구체화되었다.

가장 최근 버전은 그야말로 거의 모든 아이템을 장착한 환상적인 모습이다. 집은 과거와 현재가 공존하는 듯한 콜로니얼 양식의 2층짜리 건물이다. 앞쪽에는 엄선한 식물들이 최상의 컨디션으로 자라는 멋진 정원이 펼쳐져 있다. 건물 바로 옆에는 작지만 예쁜 유리온실이 딸려 있고 그 온실은 집 안 거실과 연결되어 있다. 겨울에도 온실에선 식물들이 무럭무럭 자라고 있다.

집에서 그리 멀지 않은 곳에 트렌디한 정원 식물 컬렉션을 체계적으로 재배하는 농장과 온실을 둔다. 그곳에서는 실력 있는 가드너 친구들이 만족스럽게 일한다. 식물 이야기와 정보를 담은 잡지도 매달 발간하면 좋을 것이다. 1년에 한 번은 나의 농장에서 재배하는 식물들을 카탈로그로 멋지게 정리해서 고객들과 지인들에게 보낸다.

나는 이런 꿈 스케치를 아내에게 보여 주곤 한다. 그냥 시골 가서 농장 할까 하고 물으면 거의 관심이 없던 아내도 이렇게 '미화'된 정원과 집에 관해 들려주면 솔깃해한다. 당장 실현할 수 있는 건 아니더라도 틈틈이 이런 대화를 나누는 것 자체가 즐겁다.

그런데 이렇게 20년 가까이 그림만 그리다 보니 10년 전에 내가 상상했던 것들이 구현된 집들이 종종 텔레비전에 나오더라는 것이다. 내가 생각만 하고 있을 때 누군가는 실행으로 옮기고 있는 것이다. 가끔 아주 기발한 사업 아이템이 떠오를 때도 있었는데 이 역시 신기하게도 몇 년 후에 거의 비슷한 제품이 출시되곤 했다. 나는 왜 그런 아이디어들을 실행에 옮기지 못하나 하고 안타까워할 때도 있었지만, 나는 사업에 소질이 없고 더욱이 그런 것보다 더 중요한 다른 할 일들이 있다고 스스로를 위로할 뿐이었다.

그런데 가만히 생각해 보면 그렇게 그린 그림들이 전혀 이루어지지 않은 것은 아니었다. 식물을 공부하며 정원 일을 하러 제주에 갔을 때 잠시지만 정원이 딸린 단독 주택에서 살아 보았고, 식물원 가드너로 일하면서 여러 정원에서 농장주처럼 재배하우스와 노지 화단의 식물들을 마음껏 관리도 했다. 내 소유는 아니지만 사실 정원의 꽃과 나무들은 모두 나와 동료 가드너들의 손길 아래 있었던 우리의 '자산'이었다. 다른 정원의 가드너, 해외 가드너들과 정원과 식물에 관해 교류했으며 그 과정에서 얻은 아이디어들을 내가 일하는 정원에 도입하기도 했다. 내 정원의 일처럼 한 일은 수두룩하다.

식물 '사업'가의 길은 순수하게 정원을 가꾸는 가드너의 길과는 거리가 먼 것이 아닌가 싶다. 언젠가 자연스럽게 나만의 작은 정원이 생긴다면 그것은 돈을 벌기 위한 사업 아이템이 아니라 지금껏 그래 왔던 것처럼 식물과 정원에 대한 순수한 호기심과 애정을 사람들과 나누기 위한 공간이 될 것이다. 그 정원은 어느 계절에 보아도 아름다울 것이며, 마지막 눈을 감는 날에 그곳의 향기와 색채의 잔상이 다음 세상으로 가는 길 내내 함께하리라.

세계의 가드너 4

가드너의 기본을 지키는
몬티 돈

영국의 '국민 가드너'로 불리는 몬티 돈(Monty Don, 1955~)
은 원래 복서였다. 헤비급 복싱 챔피언이었던 아버지의 바람에
따라 복서가 되었다. 지금의 다부진 몸매도 복서 때 다져진 것
이다. 하지만 경기 중 잦은 넉아웃과 뇌진탕, 심하게는 뇌졸중
까지 경험하면서 복싱을 그만둘 수밖에 없었다.

이후 대학 때 만나 결혼한 아내와 주얼리 사업을 벌였다.
마이클 잭슨과 다이애나 왕세자비까지 고객으로 둘 정도로 크
게 성공했지만, 주식시장 붕괴로 완전히 파산하고 만다. 집까
지 잃는다. 이런 그를 다시 일으켜 세운 것이 정원이다. 그가
가꾸어 준 정원이 매스컴에 소개되면서 주목을 받기 시작한

것이다. 가드닝에 관한 책
도 낸다. 몬티는 점점 더
유명해졌고 마침내 TV 아
침 방송 '정원 가꾸기' 코
너에도 출연하게 된다.

그러다 BBC〈가드너
들의 세계Gardener's World〉
의 진행을 맡으면서 인생
의 큰 전환기를 맞는다.
1968년부터 시작된, 가드
닝에 관한 이 프로그램은
정원 가꾸기에 유독 관심
이 많은 영국인들에게 큰

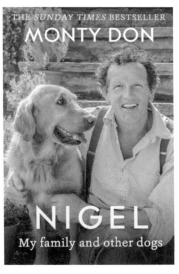

● 몬티 돈이 반려견 나이젤과 함께한 삶
에 대해 쓴《Nigel: My Family and Other
Dogs》표지

인기를 끌었다. 당연히 진행자 몬티의 인기도 나날이 높아졌
다. 몬티는 독학으로 가드너가 된 이력 때문에 더욱 주목을 받
았다. 이후 마치 날개라도 단 듯 방송, 출판 분야 등에서 왕성
한 활동을 펼쳤다.

몬티는 현재도〈가드너들의 세계〉를 진행하고 있고, 매달
발행되는 같은 제목의 잡지에도 여전히 비중 있게 등장한다.
그는 정원 현장에서 식물들과 대화하고 그 이야기를 사람들과 나눈다. 코로나 사태로 집 안에 갇혀 있는 사람들에게 식물이라는 새로운 소통 창구를 열어 준 가드너가 아닐까 싶다.

몬티를 처음 알게 된 건 십수 년 전 몬티가 진행한 〈80곳 정원으로 떠나는 세계 일주Around the World in 80 Gardens〉라는 TV 시리즈를 보면서였다. 이 프로그램은 이탈리아의 빌라 데스테·아마존강의 수상 정원Floating Garden·인도의 타지마할 정원 등 세계에서 가장 유명한 정원 80곳을 소개하는 것인데, 구하기 어려운 해외 정원 잡지나 묵직한 컬러 원서에서만 볼 수 있던 세계 곳곳의 멋진 정원, 즉 가드너라면 누구나 죽기 전에 한번은 가 봐야 할 정원들을 볼 수 있어 가드너로서 눈 호강을 한 다큐였다. 몬티는 각 정원에 얽힌 이야기도 재미있게 들려주었다.

몬티는 첼시꽃박람회 진행을 맡기도 했고, 많은 가드닝 관련 잡지에 칼럼도 쓰고 있다. 쓴 책 중에는 골든레트리버 반려견 '나이젤'과 함께한 삶에 관해 쓴 《나이젤: 나의 가족과 다른 개들Nigel: My Family and Other Dogs》도 있다.

정원에 대한 몬티의 철학은 단순명료하다. 흙에 물들어 있는 그의 손이 말해 주듯, 가드너는 늘 정원에 있어야 한다는 것이다. 무엇보다 자연을 거스르지 말 것을 강조한다. 가드너는 식물의 생장 주기와 리듬에 맞추어 너무 늦지도 빠르지도 않게 일을 진행해야 한다는 조언이다. 정원은 긴장과 불안, 스트레스를 완화해 우리 기분을 좋게 하는 치유의 장소라는 점도 그가 늘 설파하는 것이다. 이런 철학은 어린 시절부터 농장과 정원에서 열심히 땀 흘려 일하면서 느낀 희열에서 비롯된 것은 아닐까.

가든 논쟁

　　정원이 생긴 이래 가드너들은 정원의 형태와 미학에 관
해 끊임없이 논쟁을 벌여 왔다. 논쟁의 가장 큰 주제는 자연주
의를 따를 것이냐, 형식주의를 따를 것이냐이다. 인공적인 요
소들을 배제한 자연스러운 스타일을 고집한 아일랜드 가드
너 윌리엄 로빈슨(William Robinson, 1838~1935)과, 건축물 같은
프레임과 확고부동한 선을 중시한 건축가 레지널드 블롬필드
(Reginald Blomfield, 1856~1942)의 논쟁이 가장 유명하다. 양측
모두 주장을 굽히지 않았고, 이 두 양식을 절충한 거트루드 지
킬의 정원 스타일이 대중에게 큰 사랑을 받았다.

　　20세기 초에는 정원에 쓰이는 식물을 자생식물로 할 것

● 자연주의를 주장한 윌리엄 로빈슨. 베르사유 궁전 정원을 "끔찍하다"고 비판할 정도로 인위적이고 경직된 것을 꺼렸다. 거트루드 지킬과 함께 영국의 코티지 정원 대중화에 크게 기여했다. 그가 쓴 《영국 꽃 정원English Flower Garden》은 가드너들의 '바이블'로 평가받는다. 오른쪽 그림은 윌리엄 로빈슨의 집 정원 중 한 구역인 '야생 정원' 삽화.

이냐, 외래식물로 할 것이냐를 놓고 논쟁이 뜨거웠다. 독일에서는 국수주의와 민족주의, 여기에 나치즘까지 얹어져 정원에 자생식물만 심어야 한다는 목소리가 강했다. 그런데 칼 피르스터(Karl Foerster, 1874~1970) 같은 가드너가 다섯 대륙에서 온 다양한 식물의 가치를 알리고 새로운 숙근초 운동을 벌여 다른 목소리를 냈다.

● 형식주의를 주장한 건축가
레지널드 블룸필드

● 레지널드가 설계한 옥스퍼드 대학교 레이디 마가렛 홀 스케치

한편 미국에선 조경가 젠스 젠슨(Jens Jensen, 1860~1951)이 동양과 라틴 양식을 비난하며 인종차별주의자로 여겨질 만큼 엄격하게 자생식물만을 강조했는데, 말년엔 생각이 많이 바뀐다. 자연스럽게 주변 경관과 조화를 이루도록 디자인된 정원을 조성해 간 것이다.

식재 디자인을 놓고도 논쟁이 벌어졌다. 영국의 정원은 다양한 식물을 혼합하여 심는 스타일이었는데, 관목과 숙근초의 군락 식재를 선호한 가드너들은 그런 방식을 비난했다. 독일의 가든 디자이너 프리드리히 루트비히 폰 스켈(Friedrich Ludwig von Sckell, 1750~1823)이 대표적이었는데, 그는 영국의 정원을 두고 "어수선한 아름다움"이라며 비난했다.

이런 주제들은 지금도 툭하면 논쟁 탁상에 올라오는 것들이다. 여기서 강조하고 싶은 것은 논쟁을 '주도권 다툼'으로 오해하지 않았으면 하는 것이다. 모든 장소가 지닌 특별함을 강조했던 영국의 시인 알렉산더 포프(Alexander Pope, 1688~1744)의 철학처럼 정원의 서로 다른 양식과 아이디어를 존중하는 문화가 필요하다.

2021년 첼시꽃박람회는 5월 하순이 아닌 가을에 개최됐다. 처음 있는 일로, 코로나 사태로 인한 것이었다. 이를 증명

하듯 박람회에서는 코로나19로 많이 변모한 세상의 모습을 반영한, 여러 의미 있는 정원이 선보였다. 인간과 야생동물의 공존을 도모하는 야생의 초원 같은 정원 스타일이 등장하는가 하면, 다양한 먹거리와 꽃들이 함께 어우러지도록 발코니에 설계한, '나만의 작은 파라다이스'처럼 꾸민 야외 키친 가든도 인기를 끌었다. 그동안 박람회에서는 거의 주목을 받지 못했던 실내식물 정원도 기발한 아이디어로 눈길을 사로잡았다.

코로나 사태로 우리나라에도 식물에 대한 관심이 급증하고 있다. 정원에 대한 관심 역시 커지고 있다. 이 '열풍'을 더 오래 긍정적인 에너지로 발전시키려면, 우리보다 정원 역사가 긴 외국의 사례를 살펴볼 필요가 있다. 특히 가든의 수도 필라델피아를 중심으로 한 미국 동부 지역은 우리가 본보기 삼을 만한 정원 형태가 많다. 프랑스 정원 양식을 철저히 따른 느무르 사유지Nemours Estate가 있는가 하면, 윌리엄 로빈슨의 개념에 입각해 예술적으로 자연주의 정원을 조성한 윈터투어 Winterthur, 자생식물로만 가꾼 마운트 쿠바 센터Mt. Cuba Center, 아름다운 별장 부지에 그림 같은 정원을 구현한 챈티클리어가 대표적이다. 수목류와 숲의 아름다움을 보여 주는 타일러 수목원Tyler Arboretum과 모리스 수목원Morris Arboretum도 있다. 이들 정원을 든든히 떠받치고 있는 롱우드 가든은 언급할 필요도 없겠다.

이 정원들은 다른 정원을 폄하하거나 경쟁 대상으로 삼지 않는다. '정원이란 사람들에게 즐거움을 주는 공간'이라는 목표를 향해 서로 협력하며 나아간다. 정원의 역사를 살펴봐도 시대와 국가를 막론하고 정원의 가장 중요한 핵심 가치는 바로 '즐거움을 주는 공간'이었다.

사람들이 정원에서 기대하는 즐거움은 어떤 것일까? 먼저 주변의 거친 야생 환경으로부터 안전하게 둘러싸인 공간이 주는 안락함이다. 바깥 풍경이 아무리 아름다워도 위험이나 온갖 돌발 상황에 노출되어 있다면 즐거움을 누릴 마음의 여유 따위는 없을 것이다.

그다음은 오감 만족이다. 크고 작은 나무들과 다채로운 꽃들, 실개천과 연못·분수 등에서 들려오는 물소리 등은 일상에 지쳐 둔감해진 감각들을 일깨운다. 특히 보송보송하거나 매끄러운 온갖 식물 그리고 정원의 기반을 이루는 돌과 자갈, 모래와 흙 등을 만질 때의 촉감들은 우리가 잊고 지내기 쉬운 원초적인 감각이다. 또한 많은 식물은 저마다 고유한 의미와 상징, 역사와 이야기를 품고 있으므로 우리 뇌가 갈구하는 지적 욕구도 채워 줄 수 있다.

가드너들은 정원을 디자인할 때 이런 '즐거움'의 요소들이 꼭 들어갈 수 있게 고민해야 한다. 여기에 편안하게 정원을 감상할 수 있는 시설들, 이를테면 그늘진 정자와 퍼걸러, 가볍게 정원을 탐색할 수 있는 산책로와 벤치, 앞이 탁 트인 전망대, 각종 편의 시설과 장식물, 그리고 영감을 주는 창의적 예술 작품들이 있다면 더더욱 즐거울 것이다.

　　당연한 말이지만, 이 같은 요소들이 충분히 반영되지 못하거나 균형과 조화를 이루지 못하는 정원일수록 즐거움이 덜하다. 특히 정원의 주 소재인 식물들의 영향력을 간과하고 외형의 디자인에만 치중한 정원은 진정한 즐거움을 주기 어려울 것이다.

　　계절마다, 해가 바뀔 때마다 관람객들은 이번엔 또 어떤 즐거움이 있을까 기대하며 정원을 찾는다. 우리에게도 이제 그런 기대를 채워 줄 수 있는 정원이 더 많이 필요하다.

가드너의 일

초판 1쇄 발행 2022년 4월 8일
초판 2쇄 발행 2024년 5월 3일

지은이 | 박원순
펴낸곳 | (주)태학사
등록 | 제406-2020-000008호
주소 | 경기도 파주시 광인사길 217
전화 | 031-955-7580
전송 | 031-955-0910
전자우편 | thspub@daum.net
홈페이지 | www.thaehaksa.com

편집 | 조윤형 여미숙 김태훈
마케팅 | 김일신
경영지원 | 김영지

ⓒ 박원순, 2022. Printed in Korea.

값 15,000원
ISBN 979-11-6810-057-2 03810

도서출판 날은 (주)태학사의 인문·에세이 브랜드입니다.

책임편집 여미숙
디자인 이유나